천마사냥꾼

운경 현대 판타지 장편소설

WISHBOOKS MODERN FANTASY STORY

천마사냥꾼 6

운경 현대 판타지 장편소설

초판 1쇄 찍은 날 | 2018년 1월 23일
초판 1쇄 펴낸 날 | 2018년 1월 30일

지은이 | 운경
펴낸이 | 예경원

기획 | 위시북스
편집책임 | 이규재
편집 | 이즈플러스

펴낸곳 | 예원북스
등록번호 | 제396-2012-000132호
등록일자 | 2012. 7. 25
KFN | 제1-195호

주소 | 경기도 고양시 일산동구 호수로 646-24 위너스21 II 빌딩 206A호 (우)10401
전화 | 031-819-9431 팩스 | 031-817-9432
E-mail | yewonbooks@naver.com

ISBN 979-11-6098-688-4 04810
979-11-6098-441-5 (set)

※ 이 도서의 국립중앙도서관 출판시도서목록(CIP)은 서지정보유통지원시스템 홈페이지(http://seoji.nl.go.kr)와 국가자료공동목록시스템(http://www.nl.go.kr/kolisnet)에서 이용하실 수 있습니다.

천마사냥꾼
운경 현대 판타지 장편소설
WISHBOOKS MODERN FANTASY STORY
6
Wish Books

천마사냥꾼

CONTENTS

제17장
펜타그레이드(2)

7

"백작님!"

조로아스터는 거의 네 발로 기어 나오다시피 하여 오스카리나를 맞았다.

"무사하셨군요! 어디, 편찮으신 곳은 없습니까?"

"난 괜찮다, 조로아스터. 그보다……."

오스카리나는 힐끔 주변을 돌아봤다.

스트롱홀드 1층의 안내 데스크. 안내원들은 물론이요, 경비원들 또한 어안이 벙벙한 표정이었다.

그럴 수밖에 없는 게, 그녀의 본모습을 직접 본 사람은 그리 많지 않았던 것이다.

실제로 조금 전까지지도 약간의 실랑이가 있었다. 다짜고짜 조로아스터를 불러달라고 한 오스카리나를 의심한 안내원이 냅다 호출 버튼을 눌렀던 것이다.

마침 조로아스터가 근처에 있지 않았다면 그대로 쫓겨났을 터였다. 스트롱홀드의 주인인 그녀가.

“제때 와주었어. 덕분에 살았다.”

“죄송합니다. 모두 제 불찰입니다.”

깍듯이 고개를 숙인 조로아스터의 눈빛이 돌연 싸늘해졌다.

“문제가 된 것들은 제 선에서 갈아치우겠습니다.”

해당 안내원의 얼굴이 새파랗게 질렸다. 하지만 오스카리나는 선선히 고개를 저었다.

“아니, 내버려 둬. 저 아이는 평소 규정대로 행동했을 뿐 잘못이 없다.”

“하오나…….”

“내 정보를 거의 노출시키지 않은 상황에선 당연히 일어날 수 있는 일이야. 이미 지나간 일이기도 하고.”

“그렇게 말씀하신다면…… 알겠습니다. 일단 안으로 드시지요. 관저까지 에스코트하겠습니다.”

“그 전에 연구동부터 들렀으면 해.”

"네? 연구동은 어째서……?"

"가면서 설명하지."

두 사람은 엘리베이터에 올랐다. 거울에 비친 조로아스터의 모습은 초췌하기 짝이 없었다. 피폐한 몰골이라는 표현이 딱 들어맞는 수준. 오스카리나는 쓴웃음을 지었다.

"걱정하게 만들었군."

"아닙니다. 저로서는 그저 죄스럽기 짝이 없을 따름입니다."

조로아스터의 눈빛에 드러난 죄책감은 이내 강렬한 적의와 분노로 바뀌었다.

"이 자리를 빌려 백작님께 약속드리겠습니다. 적시운 그 놈만큼은 반드시 찾아내어 도륙을 내놓을 것입니다."

"예전이라면 응원했을지도 모르겠지만."

오스카리나는 나직이 한숨을 쉬었다.

"지금은 안 돼."

"예?"

"검사부터 받고 난 다음에 얘기하지. 일단 적시운에 대한 모든 추적과 탐문을 중지하도록 해."

"예에?"

납득할 수 없다는 얼굴의 조로아스터. 오스카리나가 살짝 혀를 찼다.

"세 번 말하지 않겠다, 조로아스터. 적시운에 대한 모든 적대적 행위를 중단하도록 해."

"하, 하지만……."

"조로아스터."

날카로운 시선이 조로아스터의 미간에 꽂혔다. 조로아스터는 황급히 고개를 조아렸다.

"예, 그렇게 명령을 내리겠습니다."

"통신기가 있을 테지? 지금 바로 해."

"……예."

조로아스터가 중지 명령을 내렸다.

오스카리나는 엘리베이터의 문 반대 방향으로 비치는 바깥의 풍경만을 말없이 응시했다.

두 사람은 30층의 연구동에 도착했다. 오스카리나에 대한 정밀 신체검사가 곧이어 이어졌다.

"심박 수치도 안정적이며 뚜렷한 내, 외상 또한 존재하지 않습니다. 혈액 오염 농도 역시 기준치 미만으로 지극히 양호합니다."

"심장에 아무 이상도 없다는 건가?"

오스카리나의 질문에 검사원은 미묘한 표정을 지었다.

"예, 어떠한 이상도 발견할 수 없었습니다. 백작님의 심장은 지극히 양호합니다."

“이물질 같은 것도 없었고?”

“네, 그런 게 있다면 발견되지 않을 수 없을 것입니다. 심장의 구조 자체는 그렇게까지 복잡하지 않기 때문에…….”

검사원의 설명에 조로아스터는 안도의 한숨을 쉬었다. 반면 오스카리나는 그리 밝은 표정이 아니었다. 정확히 말하자면 무언가를 납득한 얼굴.

“패배를 인정할 수밖에 없겠군.”

의미심장한 그녀의 말에 조로아스터가 흠칫했다.

“그게 무슨 말씀이신지요, 각하?”

“이상하다고 여기지는 않았어, 조로아스터? 내가 아무런 탈 없이 돌아온 것에 대해 말이야.”

“그것은…….”

“난 탈출하거나 도망친 게 아냐. 적시운이 풀어준 덕택에 겨우 돌아올 수 있었을 뿐.”

“예? 하지만 그놈이 어째서……?”

오스카리나의 입가에 쓴웃음이 스쳤다.

“나라는 존재를 완전히 장악했기 때문이지.”

“예? 장악했다니요?”

오스카리나는 자초지종을 설명했다. 적시운과의 대화는 물론, 그가 자신의 몸에 심어놓은 마이크로봇에 대해서도. 그 와중에도 그의 목적에 대해선 말하지 않았다. 앞서 적시운에게서 언질을 받았기 때문이다.

"내가 허락하기 전까진 누구에게도 함부로 발설하지 마."

물론 이 자리엔 적시운이 없다. 도청 장치 같은 게 그녀의 몸에 부착된 것도 아니다. 적시운으로선 발설 여부를 당장 알지는 못할 것이다.

말하고자 마음만 먹는다면 못할 것은 딱히 없다는 뜻.

하지만 오스카리나는 이를 함구했다. 조금 전의 검사 결과로 모든 것이 분명해졌기 때문이다.

'초음파 검사와 혈액 분석으로도 아무것도 밝혀내지 못했다.'

적시운이 자신만만하게 그녀를 돌려보낸 게 이해가 됐다. 단언한 대로 그녀는 그의 손아귀에 놓인 신세였다.

예전이었다면 이 정도 상황에 체념하진 않았을 것이다. 하지만 적시운을 두려워하게 된 그녀는 예전의 그녀와 너무나 달랐다.

인간은 이해할 수 없는 것을 두려워한다던가?

오스카리나에게 있어 적시운은 미지 그 자체였다.

"조만간 적시운이 이곳을 다시 방문할 것이다. 그때는 귀빈을 맞이하듯 최대한의 예우를 갖춰 대접하도록 해."

"예?"

조로아스터가 믿기지 않는다는 표정으로 반문했다. 오늘

만 벌써 몇 번째 반문하는 것인지 본인도 알 수 없을 지경이었다.

“말했잖아. 나는 그에게 굴복했어. 내 권력은 그의 무력 앞에 보기 좋게 꺾였고 나의 지성도 그의 지략 앞에 깨어졌지. 반론의 여지가 없는 완패야.”

“납득할 수 없습니다. 놈은 매카시를 죽였고 시타델 정부에 심대한 타격을 입혔습니다.”

“네가 설명하지 않았던가? 매카시가 죽은 것은 자업자득이었고 적시운이 지닌 가치는 그간의 피해량을 메우고도 남을 정도라고.”

“분명 그렇게 말씀드리긴 했습니다만…….”

“간략히 말하지. 그는 내 목숨 줄을 쥐고 있어. 그가 마음만 먹는다면 나는 세상 어디에 있든 간에 안전할 수 없어.”

“그 마이크로봇 때문이라면 저희 연구원들이 어떻게든…….”

“존재조차 찾아내지 못했는데 무슨 수로? 내 심장을 도려내기라도 할 건가?”

“…….”

“너는 모를 테지. 심장은 얼어붙고 팔다리는 서서히 마비되어 가는 느낌을.”

오스카리나는 두려움 가득한 얼굴로 가슴을 움켜쥐었다.

“가동하지 않는 지금도 느껴져. 내 심장이 뛸 때마다 그 안의 무언가가 함께 꿈틀대는 것이.”

“백작님…….”

“나는 그게 두려워. 죽을 수도 있다는 사실이.”

그곳에 있는 건 도시의 지배자가 아니었다. 그저 겁에 질린 한 명의 인간일 뿐.

“나는 이미 마음을 정했다. 더는 이 사안에 대해 왈가왈부하지 말도록.”

조로아스터는 보이지 않게 입술을 깨물었다. 오스카리나가 너무 빨리 체념했다는 느낌을 지울 수가 없었다.

‘온실 속 화초로 자라난 이상은 신인류도 어쩔 수 없다는 건가.’

그는 백작의 심복이기 이전에 북미 제국의 수족. 그에게 할당된 임무는 단순히 백작을 보필하는 것만이 아니다.

오스카리나를 비롯한 신인류는 엄연한 실험체. 인위적 조작을 통해 진보한 일종의 개량종이었다. 그리고 바로 곁에서 실험의 경과를 확인하는 것이 조로아스터의 임무.

오스카리나는 이곳에 배치된 10년 동안 훌륭히 시타델을 다스려 왔다. 대체로 스포트라이트를 받는 쪽은 조로아스터였지만 모든 행정 업무와 지시는 오스카리나에게서 나온 것이었다.

그것만 보자면 김은혜의 실험은 성공한 셈.

'하지만…….'

막판에 이르러 뭔가가 삐걱거리기 시작했다. 하나의 변수가 끼어듦으로 인해.

조로아스터는 그 앞에서 어떤 판단을 내려야 할지 알 수 없었다.

최악의 상황, 즉 오스카리나의 납치 소식이 상부에 알려지는 것만은 피했지만 아직 끝이 아니라는 게 문제였다.

"그럼 다른 사안에 대해 말씀을 드려야 할 것 같습니다."

"다른 사안?"

"제가 경황이 없어 미처 말씀드리지 못한 점이 있습니다. 백작님을 뵙고자 귀빈이 찾아왔습니다."

"귀빈이라고?"

"예."

고개를 끄덕인 조로아스터가 말했다.

"퀀텀 리퍼(Quantum Leaper), 아킬레스 프레스터가 시타델을 방문했습니다."

"그래서, 그냥 그녀를 돌려보냈단 말씀이구려."

"그래, 클라리스가 알면 펄쩍 뛸 일이지만."

작센 번스타인은 쓴웃음을 머금었다. 쓴웃음이라 해봐야 입매가 살짝 씰룩이는 정도에 불과했지만.

"아마 이 사실을 알았다간 화병으로 쓰러질 게요. 그 아이로선 절호의 기회를 놓친 셈이니."

"처음부터 거머쥘 수 없는 기회였어. 어쨌든 그 녀석한테 말하지는 마. 일이 귀찮아지는 건 질색이니."

"물론이오. 그 아이를 위해서라도 말하지 않을 것이오."

"좋아, 그러면……."

적시운은 들고 있던 물 잔을 내려놓았다.

"슬슬 말하지그래? 나를 호출한 이유에 대해서."

"음."

작센은 미묘한 표정을 지었다.

"사실 그 용건이라면 조금 전에 해결되었소."

"해결되었다고?"

"그렇소. 오스카 백작을 돌려보내게끔 귀하를 종용할 생각이었으니까. 하지만 이미 돌려보냈다면 문제가 커질 일은 없을 테지."

적시운은 피식 웃었다.

"시타델 정부가 그렇게나 무서워?"

"지방 정부는 두렵지 않소. 내가 귀하를 설득하고자 한 것은 다른 이유 때문이오."

"다른 이유?"

"이것은 백 퍼센트 신용하기는 어려운 얘기지만……."

작센의 어조가 착 가라앉았다.

"퀀텀 리퍼 아킬레스가 시타델을 방문했다는 정보가 입수되었소."

"퀀텀 리퍼 아킬레스?"

"처음 들어보시오?"

적시운은 고개를 끄덕였다.

"퀀텀 리퍼가 아마도 닉네임이나 이명일 테지?"

"그렇소."

풀어 쓰자면 양자(量子) 도약자.

스케일이 무척 극미한 것 같으면서도 장대하기 짝이 없는 이름이었다.

"이명을 보자니 아마도 공간과 관련된 능력을 지닌 이능력자인 모양이지?"

"그렇소."

작센의 얼굴에 두려움이 스쳤다.

"싱글 S랭크 공간 제어자. 아킬레스 프레스터는 펜타그레이드의 일원이오."

싱글 S랭크.

어지간한 일로는 겁먹지 않게 된 적시운조차 긴장하게 만드는 등급이었다.

A랭크 대의 이능력자만 되어도 인간을 넘어선 공포의 대상이다. 인성이 개차반인 매카시가 중용된 이유 또한 A랭크 이능력자라는 이유 하나 때문이었다.

그렇다면 S랭크 이능력자는?

가히 반신(半神: Demi God) 취급을 받더라도 이상할 것이 없다. 실제로 신에 필적하는 능력을 행사할 수 있는 존재들이기에.

이능력이란 표현조차 그들에겐 초라할 지경. 그 위력만 보자면 차라리 권능이란 표현이 어울릴 정도였다.

그러한 괴물 중 하나가 시타델을 방문했다.

'아무런 낌새도 느끼지 못했는데 말이지.'

적시운의 등허리에 오한이 스쳤다. 무표정을 유지하려 했으나 식은땀이 흐르는 것은 어쩔 수 없었다.

"무슨 일이 있어도 그와 충돌해서는 안 되오."

작센 역시 한껏 긴장된 어조였다.

"절대로."

8

"오랜만이구려, 오스카 백작."

외관을 보자면 30대 초중반쯤. 오스카리나와 같은 게르만계 인종의 특징을 고스란히 지닌 준수한 외모의 장년인이었다.

하지만 그것은 어디까지나 외양일 뿐. 오스카리나는 그의 실제 나이가 80대 중반이란 걸 알고 있었다. 체내의 나노 머신이 노화를 방지하여 신체 연령이 30대에 머물러 있다는 것도.

제국 내에서도 극소수에게만 허락된 혜택.

가히 천문학적 비용이 소모된 시술이 사내에게 베풀어졌다. 그 비용을 측량한다면 시타델의 반년 치 예산에 필적할 것이다.

사내가 지닌 금전적 가치를 생각한다면 결코 비싼 비용이 아니긴 했지만.

"3년 전 수도에서 뵈었던 이후로 처음이군요."

오스카리나는 사내의 반대편에 앉으며 말했다.

"중요한 일이 있어 바로 뵙지 못했습니다. 부디 양해해 주시길."

"물론이오. 오히려 예고도 없이 찾아온 불청객을 불편한 기색 없이 맞아주니 고마울 따름이오."

"세상 어느 누가 아킬레스 경의 방문을 꺼리겠습니까?"

장년인의 얼굴을 한 노인, 아킬레스 프레스터는 빙긋 웃었다.

"그래, 시찰은 잘 다녀오셨소?"

영지 시찰, 조로아스터가 머리를 짜내어 가까스로 가져다 붙인 핑곗거리였다. 그게 아니고서는 오스카리나가 부재중인 이유를 설명할 길이 없었던 까닭이다.

아주 좋은 변명거리라고 보기는 어려웠지만, 반쯤 정신이 나간 조로아스터로서는 이게 최선이었다.

물론 언 발에 오줌 누기에 지나지 않는 일이었다. 오스카리나가 제때 돌아오지 않았다면 조로아스터의 목이 달아났을 터.

다행히 그녀가 때마침 돌아왔고, 조로아스터와도 겨우 입을 맞출 수 있었다.

'의심을 품는다면 얼마든지 이상한 점을 발견할 수 있겠지만…….'

다행히 그런 기색은 보이지 않았다. 어쩌면 알면서도 모르는 척하는 것일 수도 있었고.

'방심할 수 없는 사람이야.'

퀀텀 리퍼 아킬레스.

달리 불리는 이름은 웃는 독사 아킬레스.

전자가 그가 지닌 이능력과 관련된 호칭이라면 후자는 그의 성격과 관련된 별칭이었다.

80년의 경험을 고스란히 간직하면서 육체적 전성기를 동시에 누리고 있는 특이한 인물. 5인의 펜타그레이드 중 최연장자인 그는 도무지 속내를 알 수 없는 인물이었다.

그것이 꼭 잔악함이나 냉혹함을 뜻하진 않는다. 그래도 속내를 짐작할 수 없다는 점은 역시 꺼림칙했다.

이를 내색할 수야 없겠지만.

"전체적으로 유의미한 시찰이었어요. 시민들의 요구 사항과 삶에 대해 보다 직접적으로 파악하게 되었으니까요."

"실제적인 삶은 서류상의 글자 몇 줄만으로는 알기 어려운 법이지요."

"옳은 말씀입니다, 아킬레스 경. 저 또한 이번 일로 그 점을 확실히 느꼈습니다."

"백작의 뺨을 보자니 확실히 거짓말은 아닌 것 같군."

"네?"

"하얀 소스, 아마도 마요네즈인 것 같군."

오스카리나가 뺨을 훑었다. 손가락 끝에 반쯤 마른 점액이 묻어났다.

아킬레스가 빙긋 웃었다. 그의 정체를 모르는 이가 봤다면 순박하면서도 푸근한 느낌이라고 생각했을 법한 미소였다.

"이 철옹성 안에서의 식사였다면 그런 게 남았을 리 없지. 호들갑 떨기 좋아하는 작자들과 기계장치들이 내버려 뒀을

리 없으니 말이오."

"아마도 그렇겠죠."

생각해 보면 음식이 얼굴에 묻었다는 것 자체가 생경한 경험이었다. 관저의 위생 시스템은 음식 부스러기 하나 용납하지 않았다. 뭔가가 묻거나 뭔가를 흘렸다간 식탁에 장치된 특수 장치가 삽시간에 닦아내고 빨아들여 없앴다. 깔끔하기 그지없는, 그러나 어딘지 모르게 차가운 느낌의 식사였다.

"여하간 다행이오. 흉흉한 소문들과 달리 백작의 용태는 평안한 것 같아서."

날은 것이 내포된 한마디.

조심스럽게 단어를 고른 오스카리나가 대꾸했다.

"소문은 과장되기 쉬운 법이죠."

"그러나 의외로 핵심은 변질되지 않는 경우가 많다오."

"무슨 말씀인지 알 것 같습니다. 아마도 매카시와 관련된 얘기일 테죠?"

어차피 피하거나 얼버무릴 수 없는 화제. 그렇다면 차라리 정면에서 당당히 마주하는 편이 나았다.

아킬레스의 표정이 조금 진지해졌다.

"듣자 하니 그가 임무 수행 중 사망했다더군."

"그렇습니다."

"자세한 정황에 대해 들려주실 수 있겠소?"

"저희도 모든 것을 정확히 알고 있지는 못해요. 그래도 요점 정도는 짚어드릴 수 있을 듯합니다."

오스카리나는 차분한 어조로 말을 이었다.

"레지스탕스, 즉 해방군과의 전투가 발발했습니다. 그들은 하수처리장을 습격해 시타델에 타격을 줄 계획을 꾸미고 있었고 매카시가 이를 알아냈습니다. 처리장 근처의 터렛 필드에서 교전이 일어났고 매카시는 교전 중 사망했습니다."

"흠."

아킬레스가 팔짱을 꼈다.

"교전 중 사망했다는 표현만으로는 여러모로 부족한 느낌이군. A랭크 뇌전술사가 제대로 된 군사 훈련조차 받지 못한 잔챙이들에게 사망했단 말씀이오?"

"랭크는 절대적 기준이 아니지요. 연약한 어린애조차도 건장한 이능력자를 죽일 수는 있어요. ……물론 펜타그레이드에겐 해당 사항이 아니겠지만요."

"그렇지만도 않소. 우리라고 해서 범접조차 못할 괴물들은 결코 아니니."

정말 그럴까.

오스카리나는 마음속으로만 반문했다.

"어쨌거나, 방심한 매카시가 난전 중에 사망했다. 백작의 말씀은 그런 뜻으로 들리오만."

"사실 저희로서도 정확한 매카시의 사인은 파악하지 못했어요. 필시 레지스탕스 측에서 증거 인멸을 시도했을 테죠."

"하수처리장은 지켜낸 것으로 보이오만."

"네, 전투 자체는 터렛 필드에서 벌어진 것이었고 불행히도 저들이 모종의 수법으로 바탈리온 터렛의 제어권을 빼앗아 갔어요. 매카시와 요원들은 예상치 못한 기습을 받은 셈이죠."

"흐음, 그 레지스탕스들은 어떻게 됐소?"

"여전히 추적 중입니다. 암흑가와 빈민가로 숨어들어 버려 난항을 겪고 있긴 하지만요."

오스카리나는 단호한 어조로 덧붙였다.

"놈들을 찾아내어 매카시와 요원들의 복수를 할 것입니다. 반드시."

"음."

아킬레스가 고개를 끄덕였다. 여전히 속을 알기 어려운 애매한 표정으로.

"특무부가 상당한 타격을 입고, 시타델 제일의 요원이 사망했음에도 시민 시찰을 강행하신 것이로군. 훌륭한 판단과 용기에 경의를 표하겠소."

이것은 비꼬는 말일까, 아니면 진심으로 하는 말일까.

어느 쪽인지는 오스카리나로서도 알 길이 없었다. 비꼰 것이라기엔 너무나 진중한 어조였고, 진심이라기엔 뒷맛이 개운치 않았다.

결국 오스카리나는 화제를 돌리기로 했다.

"한데 찾아오신 이유가 매카시 때문은 아니리라 생각합니다만."

A랭크의 제법 뛰어난 인재라고는 하나 그것도 시타델 내에서의 얘기일 뿐. 매카시 정도의 인재는 넘쳐 나고도 남는다. 그것이 바로 제국이었고, 그것이 바로 북미 대륙이었다.

'그리고 이 사내는…….'

1억에 달하는 제국인 중에서도 정점에 위치한 5명 중 하나. 위로는 오직 황제만을 두고 있는 최상위의 인간 병기였다.

그런 인물이 매카시 때문에 시타델을 방문했을 리는 없었다. 필시 다른 용무가 있는 것임이 분명했다.

"정확히 보셨소, 백작. 사실 매카시에 대해 물었던 것도 어느 정도는 그 일과 관련이 있다오."

"관련이 있다고요?"

"그렇소. 빼어난 능력자는 한 명이라도 많은 편이 놈을 상대하는 데에 도움이 될 테니."

"놈이라고요?"

아킬레스는 고개를 끄덕였다.

"에픽 레벨 크로울링 드래곤, 황혼의 순례자의 징후가 포착되었소."

[흥미롭군. 실로 재미있어.]

적시운은 천마의 목소리를 무시했다.

[자네는 느껴지지 않는가? 심장이 뿜어내는 혈류가 평소보다도 뜨겁게 달아오르는 것을 말일세.]

'별로.'

[시큰둥한 얼굴로 호승심을 숨기려 해봐야 본좌에겐 통하지 않네. 절대 고수의 전제 조건은 힘에 대한 갈망일세.]

'그러든 말든 내 알 바 아냐.'

[정말 이렇게 나오긴가?]

적시운은 우뚝 걸음을 멈췄다. 어느새 아지트의 문 앞. 걸어오는 내내 천마의 목소리에 시달린 탓에 살짝 짜증이 난 차였다.

"그래서, 놈을 찾아 싸워보기라도 하자고?"

[그렇게나 대단한 사내의 격을 느껴보는 것도 좋지 않겠나?]

"그러다가 개죽음을 당하면?"

[지금의 자네가 그렇게 간단히 당할 거라고는 생각하지 않네만. 그 벼락을 쏟아내던 놈도 어렵잖게 쓰러뜨리지 않았던가?]

"완전한 낙승은 아니었어. 게다가 A랭크와 S랭크는 문자 그대로 격이 달라. 매카시 같은 놈 한 트럭이 몰려와도 손가락 하나 어쩌지 못할 거라고."

[이능력이라 불리는 잡술끼리의 대결이라면 그럴 테지.]

적시운도 알고는 있었다. 설령 S랭크 이능력자라 하더라도 무공에 대해선 면역력이 없다는 것을.

단 일격.

한 방만 제대로 꽂아 넣는다면 끝장을 낼 수 있으리라.

문제는 그 일격이 수포로 돌아갈 경우.

무공과 이능력은 별개의 힘인지라 서로에게 간섭하지 않는다. 천마의 호신강기로도 적시운의 염동력을 막아내지 못한 것도 이 때문이었다.

"하지만 물리력을 행사하는 경우라면 얘기가 달라."

[그게 무슨 소린가?]

"예컨대 내가 염동력으로 벽돌을 움직여 당신 머리통을 내려친다고 생각해 봐."

[……왜 하필 예시가 그 모양인가?]

"지금 내 심정이 딱 그거거든."

[…….]

"어쨌든 당신의 내공으로는 내 염동력 자체를 막아낼 수 없어. 하지만 내 염동력에 의해 움직이는 벽돌을 막거나 부수는 건 가능하겠지.”

[흐음.]

“다시 말해 상대방 역시 그렇게 대응할 수 있다는 거야. 일단 무공의 존재를 알아챘다면 그게 뭔지는 모르더라도 대항할 방법을 찾아낼 수 있을 테지.”

그 경우의 리스크는 너무 컸다. 적시운 최대의 무기가 빛바랠 수도 있었던 것이다.

“피치 못할 사정이 아닌 이상은 최대한 접촉은 피해야 해. 단순한 호승심에 들이대고 보자고 할 문제가 아니라고.”

[음, 본좌도 동감일세.]

적시운은 순간 맥이 탁 풀렸다.

“조금 전까진 싸우러 가자고 징징대더니.”

[자네 생각이 어떤지 떠보려고 한 말일 뿐일세. 정말 그런 마음을 품은 게 아니라.]

“내가 당신 말을 따랐으면 어쩌려고?”

[일장연설을 해줄 생각이었지. 언제나 방심해선 안 된다고 말이네.]

“…….”

적시운은 불신 가득한 표정을 지었다.

[못 믿겠는가? 본좌의 마음을 다른 누구도 아닌 자네라면 잘 알 거라 생각했건만 실망이군.]

"……말을 말자."

적시운은 한숨을 쉬며 아지트로 들어섰다.

끼이익.

고요한 건물 내부로 문 열리는 소리가 스산하게 울렸다. 두 여인이 사라진 것만으로도 공간 자체가 달라진 듯한 느낌이었다.

오스카리나는 스트롱홀드로, 헨리에타는 동료들이 거주하는 아지트로 가버렸다. 덕분에 50평 규모의 이층집에 적시운 홀로 덩그러니 남게 됐다.

쓸쓸하다기보다는 이제야 좀 쉬겠구나 싶었지만.

"한데……."

적시운은 작센과의 대화를 떠올렸다.

"놈의 목적은 마수 사냥이라는 건가?"

제18장
황혼의 순례자

1

마수 등급 분류 기준에는 여러 가지가 있다. 그중에서 가장 대중적인 것은 역시 알파벳을 이용한 분류 기준이다.

다만 이 경우엔 혼선이 빚어질 경우가 많다. 이능력자 분류 기준 중에도 거의 동일한 방식이 존재했기 때문이다.

그로 인해 소소한 오해가 생기기도 한다.

예컨대 A랭크 이능력자와 A랭크 마수가 동등한 전투력을 지녔다는 식의 생각 같은 것.

물론 이것은 오해에 지나지 않았다. 대체로 낮은 랭크, 즉 B, C랭크 수준이라면 동급의 경우 이능력자가 우세하다. 하지만 A랭크 이상일 경우, 동급 랭크일 시엔 마수 쪽이 훨씬 강력하다.

때문에 알파벳 랭크 말고도 다른 분류 기준으로 마수들을 표기하는 경우가 많았다.

이 경우엔 대체로 알파벳처럼 직관적이진 않았다. 다만 최상위 레벨, 즉 S랭크급을 표기하는 방식만큼은 숫자나 알파벳보다 직관적으로 느껴지는 경우가 많았다.

"그중 하나가 빌헬름 분류법이지. 이에 따르면 황혼의 순례자는……."

"대재앙급 마수지요."

지진, 산불, 홍수, 해일과 같은 천재지변. 그와 동등한 취급을 받는 것이 바로 최상위 레벨의 마수들이었다.

오스카리나의 얼굴은 심각하게 굳은 뒤였다.

"제가 알기로 황혼의 순례자가 마지막으로 관찰됐던 장소는 제국 서해안이었어요."

"그랬소. 그리고 제국 과학부는 1개월 전 걸프만에서 몇 가지 징후를 발견했소. 황혼의 순례자의 DNA 정보와 일치하는 비늘과 체액이었지."

걸프만.

뉴 텍사스주 남동부와 맞닿아 있는 블랙 라이트(Black light) 해안의 옛 이름이었다.

기름에 오염되어 해안 전체가 썩었기에 흑색을 띠며 방사능과 이온이 뒤섞인 특수한 기체가 공기 중에 떠다니기에 빛을 낸다. 그렇기에 흑색으로 빛나는 바다라는, 특이하기 짝이 없는 공간이 탄생했다.

그리고 비슷한 경우의 장소들과 마찬가지로 블랙 라이트 해안 역시 인간의 발길을 허락하지 않았다.

방사능 및 갖가지 독극물에 대한 대책 없이 들어섰다간 1분도 채 버티지 못하고 죽음에 이르는 장소. 그게 바로 블랙 라이트 해안이었다.

"그런 곳에서 황혼의 순례자의 흔적을 찾아냈다는 건가요?"

"그렇소."

"……."

오스카리나의 얼굴이 석상처럼 굳었다. 아킬레스의 말이 의미하는 바는 여러 가지였다.

하나는 무언가를 더 숨기고 있다는 점.

블랙 라이트 해안은 엄밀히 말해 뉴 텍사스주에 속해 있는 영토. 전적으로 오스카리나 오즈마 백작의 관할하에 있는 지역이었다.

그곳에서 순례자의 흔적을 찾았다는 건, 다시 말해 그녀의 허락 없이 모종의 측정을 하고 있었다는 뜻.

인공위성이나 기타 장거리 관측 수단으로 뭔가를 찾아낼

만한 환경이 아니었던 것이다. 직접적으로 인원을 파견해 뭔가를 찾아내려 했음이 분명했다. 백작의 허가도 받지 않고서.

오스카리나로서는 면전에서 자신의 권위를 무시당한 셈이었다.

'그 점에 대해선 일언반구도 하지 않는군.'

하지만 그 사실을 탓할 순 없었다. 애초에 펜타그레이드의 지위는 공작 이상. 호들갑스러운 작위가 없다뿐이지 실제적 권력은 그 어떤 귀족보다도 위에 존재했다.

게다가 과정이야 어떻든 아킬레스는 황혼의 순례자라는 위험 요소에 대해 경고하러 찾아와 줬다. 그것만으로도 오스카리나로서는 고마워할 일이었다.

'게다가…….'

대화에서 얻어낸 또 하나의 정보. 이것이 정말 중요한 점이었다.

"보아하니 놈은 단순히 블랙 라이트 해안을 스쳐 지나간 게 아닌 모양이군요."

대재앙급 마수들이 쉽사리 토벌당하지 않는 이유는 그 막강한 힘 때문만은 아니었다. 직접적인 위협이 되는 일반 마수들과 달리 인류를 공격함에 있어 그다지 적극적인 태도를 보이지 않기 때문이기도 했다.

S랭크 마수들에 의해 문명이 공격당하는 경우는 극히 드

물었다. 소수의 피해 사례 중 대부분도 그저 마수들의 이동 경로상에 위치했던 불운한 도시가 파괴당한 수준이었다.

그냥 생각 없이 걸어가다가 무언가를 밟았는데 그것이 인간들의 군락이더라 하는 식.

그 사례 또한 극히 적었다. 대륙 위를 활보하는 대재앙급 마수는 그리 많지 않았던 것이다.

'대부분은 저 심해 속에 있으니까.'

제국의 쇄국령에 지금껏 별다른 저항이 없었던 것도 이 때문.

바다는 죽음의 세계나 다름없었고 이를 건너간다는 건 자살행위와 같았다.

'한데 그자는…….'

적시운을 떠올린 오스카리나가 입술을 깨물었다.

일이 이래저래 꼬이는 느낌. 엎친 데 덮친 격이란 바로 말은 이런 상황을 두고 쓰는 말이라는 생각이 들었다.

'황혼의 순례자가 시타델을 침공하기까지 한다면 완벽한 마무리가 되겠군.'

"정확하게 보셨소, 오스카 백작."

아킬레스의 대답에 오스카리나는 움찔했다. 물론 그녀의 속내를 읽고서 대답한 게 아니라는 것쯤은 알았지만, 그래도 타이밍이 너무나 절묘했다.

"정확하게 보았다는 건…… 놈이 육지에 상륙할 가능성이 있다는 뜻인가요?"

"그렇소. 엄밀히 말하자면 이미 상륙했다고 해야겠군."

오스카리나의 손등에 순간적으로 닭살이 돋아났다.

"설마……."

"기어 다니는 용, 크로울링 드래곤이라고 불리기는 하지만 놈은 사실 거북이에 더 가까운 형태를 지녔소. 물론 스케일과 전투 능력에 있어선 거북이 따위에 비할 바가 아니지만 말이오."

"그렇겠지요."

추정 몸길이만 100미터 이상.

앞뒤 길이와 좌우 길이가 거의 비슷한 형상임을 감안했을 때, 놈의 부피는 중소 규모의 경기장에 필적하는 수준이었다.

게다가 놈은 대재앙급 마수들 중에서도 특히나 위험했다. 이미 한 차례 인간과의 전투를 치른 경험이 있기 때문이다.

"30년 전에……."

오스카리나는 아킬레스를 바라보며 말했다.

"그 전투에 경께서도 참가하셨었죠."

"알고 계시는구려."

"토벌 기록을 읽은 적이 있어요. 많지 않은 실패 사례 중

하나인 데다 상당히 자세하게 적혀 있어서 여러모로 희소성이 뛰어난 자료였죠.”

“그럴 게요. 그 아이는 무언가를 꼼꼼하게 적는 걸 좋아했거든.”

당시 토벌 기록을 작성한 이의 이름은 오필리아 프레스터. 아킬레스 프레스터의 딸이었다.

“그때부터 복수를 꿈꿔오셨던 거군요.”

오스카리나는 지금까지와는 다른 의미로 소름이 돋는 것을 느꼈다.

“따님의 복수를…….”

“시시한 이야기지. 그렇지 않소?”

“그렇지 않습니다, 아킬레스 경.”

“어쨌든 그 얘기는 그만합시다. 중요한 것은 놈의 행보가 심상치 않다는 것이니.”

“이미 상륙했다고 하셨었죠.”

“그렇소. 다만 상륙 이후의 움직임은 전무하오. 사실 그래서 문제인 거지만 말이오.”

“네?”

“기록을 봤다면 아시겠지만, 순례자의 성별은 암컷이오.”

“……!”

오스카리나는 앞서 아킬레스가 했던 말들을 떠올렸다. 떨어져 나간 비늘과 흘리고 간 체액, 그리고 수십 년 만의 상륙…….

"설마…… 놈이……?"

"거북이와는 스케일이 다른 놈이라고 말하긴 했소만, 놈의 형태나 패턴 등을 보자면 유사점에 대해 생각하지 않을 수 없소."

잠시 멈칫했던 아킬레스가 내쳐 말했다.

"조만간 놈이 산란을 시작할 거요."

"……!"

에픽 레벨 S랭크 마수. 홀로 군단(Legion) 단위의 공격대를 쓸어버릴 수 있는 괴물이 자손을 낳으려 한다.

S랭크 마수의 자식이라 하여 무조건 S랭크로 태어나리란 법칙 같은 것은 없다. 하지만 그럴 가능성이 전혀 없다고 단정할 수도 없는 게 사실. 그냥 내버려 둬선 안 될 일이었다.

"나 자신의 개인적인 복수 때문만이 아니더라도 놈을 제거해야 한다는 것만은 자명하오."

"……폐하께는, 황제 폐하께는 말씀해 보셨나요?"

"문제가 그것이오. 지금까지 내가 설명한 것들은 물증이 뒷받침되지 않은 추측이란 점 말이오."

"하지만……."

"재앙급 마수에 대응하는 제국의 원칙에 대해선 백작께서도 잘 아시리라 믿소."

"절대로 함부로 자극해선 안 된다……."

"그렇소. 가만히 두면 마을 한두 개를 부수고 떠날 놈들이, 어설픈 공격으로 날뛰기 시작하면 영지 여럿이 박살 나게 되기 때문이오."

만약 순례자의 움직임으로 인해 뉴 텍사스주가 타격을 입더라도 그 수준이 크지 않는 한은 결코 토벌을 시도해선 안 된다. 성공하면 모르되, 실패했을 때의 리스크가 너무나 크기 때문이다.

실제로 황혼의 순례자는 한 차례의 토벌로부터 살아남았고 당시의 피해는 제국에 있어 뼈아픈 기억으로 남았다.

"그럼에도 불구하고 놈을 사냥하실 생각이로군요."

"그렇소."

"다른 펜타그레이드의 참전은 기대할 수 없겠고 말이죠."

"그렇소. 이건 어디까지나 나 개인의 독단적인 행동이기 때문이오."

아킬레스의 눈동자에 순간 살기가 스쳤다.

"또다시 30년을 기다리고 싶지는 않으니 말이오."

"……."

"전투의 주축은 내가 직접 채용한 공격대가 맡을 것이오. 하지만 병사들만 가지고서는 전투가 성립하지 않지. 물자를 비롯한 여러 가지 지원이 필요하오."

아킬레스는 오스카리나를 똑바로 응시하며 말했다.

"그렇기에 귀하에게 도움을 청하는 것이오, 오스카 백작."

"제가 마냥 감사를 표할 일은 아니었던 거군요."

상대는 손가락 하나만으로도 그녀의 목숨을 골백번은 죽일 수 있는 초인. 그러나 오스카리나는 아킬레스의 시선을 정면으로 받아쳤다.

"스스로도 말씀하셨듯이 귀하의 이야기는 대부분 추측을 기반으로 하고 있습니다. 막말로 산란을 끝낸 순례자가 얌전히 바다로 돌아갈 가능성도 없지는 않다는 거죠."

"인정하오."

"정말로 놈이 산란을 위해 뭍으로 올라온 거라면…… 자칫하면 자식을 지키려는 어미를 상대로 싸우는 게 될 수도 있어요. 그게 의미하는 바가 뭔지도 알겠죠?"

"그렇기에 더 의미가 있는 거요."

아킬레스는 담담히 웃었다.

"그래야 내 심정을 놈도 조금이나마 느껴볼 수 있을 테니."

"……."

오스카리나는 깨달았다. 그녀가 뭐라고 한들 아킬레스는 자신의 계획을 밀어붙일 것임을.

반대나 설득은 무의미하다. 오히려 지나친 반대로 인해 그녀의 입지 자체가 흔들릴 가능성도 있었다.

"알겠습니다. 에메랄드 시타델은 귀하와 귀하의 군대를 지원하겠습니다."

"힘든 선택을 해주셔서 고맙소."

오스카리나는 내심 쓴웃음을 지었다.

애초에 선택의 여지가 없는 상황을 만들어 놓고는 감사라니.

"다만 병력 지원은 귀하의 성에 차지 않을 수도 있습니다. 아시다시피 시타델은 현재 전투력의 상당 부분이 소실된 상태인지라……."

"아쉽기는 해도 어쩔 수 없지. 그래도 용병 및 헌터들의 수준이 상당한 것 같으니 그들의 힘을 빌릴 수 있게끔 도와주시면 감사하겠소."

"그러죠. 시타델 지방 정부의 이름으로 에픽 퀘스트를 내리겠습니다."

"고맙소. 그 외에도 개인적으로 알고 계시는 헌터나 용병이 있다면 추천해 주시구려."

한 사람의 얼굴이 오스카리나의 뇌리를 스쳤다. 사실 순례자에 대해 들었을 때 누구보다도 먼저 떠올린 사람이기도 했다.

'하지만 과연 그가 이 일에 관심을 가질까?'

2

“모든 일에는 징조라는 게 있는 법이오.”

그렇게 운을 뗀 작센의 설명은 다음과 같았다.

“펜타그레이드 개개인은 이른바 자유로운 왕이라고도 불린다오. 황제 다음가는 권력을 지녔으되 귀족들에게 부과되는 책임에서는 자유롭기 그지없지.”

책임져야 할 영지도 신민도 없다. 그러면서 제국 내에 존재하는 모든 것을 무상으로 이용할 수 있다.

무기, 아티팩트, 그 외의 여러 장비 및 소모품, 심지어는 인간까지도.

“그런 이들에게 있어 개인 사병을 거느리는 것쯤은 일도 아니지.”

“그렇게 압도적인 힘을 지닌 자들이 사병을 거느린다고?”

“오히려 그런 이들일수록 사적인 인력을 필요로 하는 경우가 많소. 시시콜콜하고 귀찮은 일에까지 자신의 힘을 쓰기는 싫은 법이니.”

납득하기 어려운 설명은 아니었다. 적시운의 바로 곁에도 비슷한 경우가 있었으니.

“그중에서도 아킬레스 프레스터는 돋보인다고 할 수 있소. 다른 이들이 그저 적당한 심부름꾼이나 써먹는 데 반해,

그는 체계적으로 훈련된 엘리트 병력을 소지하고 있소."

"반란이라도 일으키려는 건 아닐 테고, 목적이 뭔데?"

"대외적으로는 알려져 있지 않소. 아니, 긴 세월에 잊혔다고 보는 편이 옳을 테지."

"잊혔다고?"

"그렇소. 이미 30년이나 흘러 버린 일이니 말이오."

"30년……."

적시운의 얼굴에 그림자가 드리웠다.

그 또한 두 번의 시공 초월을 겪는 과정에서 10년의 시간을 잃었다. 물론 30년에 비할 바는 아니지만, 속절없이 시간이 흘러 버린다는 게 얼마나 두려운 일인지는 잘 알았다.

"무슨 일이 있었던 거지?"

적시운의 질문에 작센의 눈빛이 순간 아련해졌다.

"대재앙이 벌어졌었지."

작센의 설명은 간략하면서도 세심했다. 아마도 핵심과 요점만을 정확히 짚는 그의 어법 때문일 터였다.

S랭크의 대형 마수, 크로울링 드래곤 황혼의 순례자. 이를 대상으로 한 군단 규모의 토벌과 실패. 그리고 그 무엇보다도 아끼는 딸의 죽음.

"이후 아킬레스의 대외 활동은 눈에 띄게 줄어들었소. 당시에 그를 알던 이들은 모두 직감했을 것이오. 이미 반쯤 희

끗해져 있던 그의 머릿속에 든 생각이 무엇인지."

"복수……."

중얼거리는 적시운의 목소리에서도 씁쓸함이 묻어났다.

'만약 내 가족들이 희생되었다면 나 역시 같은 길을 택했을 테지.'

그때, 집을 떠난 선택을 지금까지도 후회하는 적시운이었다. 물론 그로 인해 천마를 만나고 그의 무공을 전수받기는 했지만, 이것이 최선의 결과가 맞는지에 대해선 항상 의문을 가져 왔다.

더 나은 방법, 임무를 받아들이지 않고도 가족들과 함께할 방도가 있지는 않았을까. 차라리 지하 도시에서 쫓겨날지언정 가족과 함께하는 것이 낫지 않았을까.

의문과 후회는 매 순간 적시운을 뒤따랐다.

애써 의식하지 않거나 최대한 희망적인 생각을 떠올림으로써 버텨오긴 했지만, 그것이 도피에 불과하다는 건 잘 알고 있었다.

"그 남자도 내내 후회했겠지, 30년 동안을."

"어쨌든 그 이후로 자취를 감춘 순례자는 더 이상 모습을 드러내지 않았소. 차츰 사람들 또한 아킬레스의 복수심에 대해 잊어갔지."

"하지만 아니었다는 거군."

“아킬레스의 사병 유지는 변함이 없었고, 그 질적 수준 또한 나날이 높아갔소.”

아킬레스와 그다지 가깝지 않은 이들은 무의미한 시간 낭비라고 생각했다. 정작 복수의 대상인 황혼의 순례자가 코빼기도 비치지 않았던 것이다.

하지만 지인들의 생각은 달랐다.

“그는 기다리고 또 기다렸던 거요. 복수의 대상이 기어코 다시 나타나기만을. 나노 머신을 통해 육체의 노화까지 방지해 가면서.”

“그의 나이가 어떻기에?”

“오래전에 80을 넘겼소. 하지만 직접 대면한다면 귀하보다 조금 많은 정도라고만 느껴질 것이오.”

잠시 뜸을 들인 작센이 이어 말했다.

“한 달 전을 기점으로 제국 전역에 퍼져 있던 더스크 레기온(Dusk Legion)이 뉴 텍사스주로 모여들기 시작했소.”

“더스크 레기온?”

“아킬레스를 따르는 사병 조직이오. 어지간한 길드보다도 거대한 규모의 군단이지.”

그들이 이곳으로 몰려들고 있다. 그 사실이 의미하는 바는 하나뿐이었다.

“사냥감이 다시 모습을 드러냈다는 건가?”

"그것 외에는 답이 없소. 게다가 얼마 전에는 더스크 레기온의 정찰대가 블랙 라이트 해안을 방문했었소."

"당신은 그걸 어떻게 알고 있지?"

"그들 또한 내 고객이기 때문이오."

"……역시 보통 장물아비가 아니라는 거군."

"보통 장물아비 맞소. 그저 유능할 뿐."

웃음기 없는 얼굴로 대꾸하는 작센.

적시운은 그냥 쓴웃음만 지었다.

"좋아. 정리하자면, 아킬레스 프레스터가 그 황혼의 순례자라는 마수의 움직임을 포착하고는 이곳으로 사병을 불러들였다는 거군."

"그렇소."

"어찌 됐든 나와 부딪칠 일은 없다는 소리네. 내가 그자의 마수 사냥을 방해할 일은 없을 테고, 그자가 내 일에 방해가 될 가능성도 없으니."

사실 하나뿐이라지만 S랭크 마수를 제거해 준다면 적시운으로선 좋은 일이었다. 물론 S랭크 마수쯤 된다면 몸뚱이 자체만으로도 어마어마한 가치를 지니게 마련이었다.

그중에서도 백미는 역시 코어. 아포칼립틱 코어에 저장된 이온 에너지량은 소형 발전소에도 필적할 터였다.

'하지만…….'

혼자서는 잡을 수 없다. 비록 과거에 비해 놀랄 만큼 강해진 적시운이라지만, 홀로 S랭크 마수를 상대할 수 있을 거란 자만심은 가지려야 가질 수가 없었다.

결국 적시운과 황혼의 순례자 사이의 접점은 없는 셈. 그렇다면 구태여 신경 쓸 필요는 없었다.

"그래도 물어보기는 해야 할 것 같구려."

"무슨 소리야? 무엇을 물어본다는 건데?"

"만약 귀하에게 황혼의 순례자 토벌에 협조해 달라는 의뢰가 들어온다면, 받아들이시겠소?"

적시운은 굳은 얼굴로 작센을 바라봤다.

"의뢰 중개인으로 전직한 것은 아닐 테고, 그런 건 갑자기 왜 묻지?"

"아킬레스 경에게서 개인적으로 부탁을 받았소. 자신에게 힘이 될 만한 인재가 있다면 언제든 추천해 달라고 말이오."

"그자와 잘 아는 사이였던 건가?"

"어느 정도 면식이 있소. 김은혜와 마찬가지로."

"그래서, 그자에게 나에 대해 알리겠다는 건가?"

"귀하가 허락해 준다면."

"싫다고 한다면?"

작센의 눈빛이 가늘게 흔들렸다.

"그렇다면 어쩔 수 없는 일. 단지 그뿐이오."

"생각보다 포기가 빠른걸."

"나 자신의 사욕보다는 고객의 편의가 우선이니."

적시운은 피식 웃었다.

"사욕이라 부를 만한 수준이라고는 생각하지 않는데. 어쨌든 조금 생각할 시간을 줘. 나라고 아무 정보도 없이 무턱대고 끼어들고 싶진 않으니."

"대답을 보류하시겠다는 말씀이오?"

"세상일은 모르는 거니까. 뭐, 솔직히 말해서 내가 있고 없는 정도로 전황이 크게 바뀔 거라고는 생각하지 않지만."

"자기 자신에게 엄격한 편이시군."

"내 주제를 잘 아는 거지."

작센과의 대화는 거기서 끝.

적시운은 곧바로 아지트로 돌아왔다.

기실 천마가 내내 종알거린 것도 이 때문.

어찌 됐든 같은 편에 설 수도 있는 거라면 한번 찾아가 봐도 되지 않겠냐는 게 말의 요지였다.

[찾아가는 김에 대련도 해볼 수 있는 거고 말이지.]

'그 대련 때문에 내 비밀 무기를 간파당하면 죽도 밥도 안 돼.'

[안 쓰면 그만 아닌가?]

'무공 없이 싸우면 1초도 못 버틸걸. 상대는 다름 아닌 S랭

크 이능력자니까.'

[흐음, 그래도 본좌는 부딪쳐 보는 편이 낫다고 보네. 어쩌면 추후에 사생결단을 내야 할 입장에 처할지도 모르잖나.]

펜타그레이드는 기본적으로 황제의 심복. 황제의 뜻을 거스르게 될 가능성이 높은 적시운이었다. 자연히 그들과 충돌하게 될 가능성 또한 높을 수밖에 없다. 그런 관점에서 보자면 천마의 말에도 일리가 있었다.

'조금 더 상황을 보고 나서 결정하자고.'

적시운은 그렇게 대화를 일단락 지었다.

[그럼 이제 어쩔 셈인가?]

'일단은…….'

적시운은 소총과 전기톱, 탄약과 유탄을 챙겼다. 한동안은 제대로 몸을 풀지 못했다. 스트롱홀드를 습격하긴 했다지만 제대로 싸웠다고 하기엔 턱없이 부족했다.

미네르바를 통해 접하는 소식들을 보자면 하층민 구역은 여전한 전쟁터. 마수들에 대한 정보와 소식은 꼬리에 꼬리를 물고 이어졌다.

하나를 해치우면 둘이 몰려오고, 둘을 해치우면 넷이 몰려오는 격.

현재 적시운이 필요로 하는 모든 것이 그곳에 있었다. 적과 보상, 그리고 잡념을 떨칠 계기까지.

"일단은 잡놈들 좀 때려잡으면서 생각을 정리해야겠어."

"너는 어째 볼 때마다 쑥쑥 크는 것 같다?"

밀리아가 손에 든 소시지를 좌우로 흔들었다.

합성 단백질로 만들어진 소시지는 식감과 맛 양면에서 진짜에 비할 바가 아니었지만, 특유의 향 하나만큼은 절로 군침을 불러일으켰다.

과연 먹잇감을 본 비상식량의 혀에서 침이 주르륵 흘렀다.

"과연 마수는 마수라고 해야 하려나. 그 난장판에서 설마 살아남았을 줄은 몰랐어."

밀리아가 소시지를 내밀었다. 비상식량이 날름 받아먹으려 하자 그녀는 황급히 손을 당겼다.

딱.

늑대의 이빨은 허공만 깨물었다.

"안 돼. 이거 나 먹을 거란 말이야."

"으르르르……."

"이놈의 똥개가 으르렁거리는 것 보게? 그렇게 처먹어 놓고는 뭘 더 달라는 거야?"

"크르르르."

"누구는 으르렁댈 줄 모르는 줄 알아?"

마주 흰 이를 갈아대는 밀리아.

방으로 들어서던 헨리에타가 한숨을 쉬었다.

"너는 1개월 된 강아지랑 싸우고 싶니?"

"이 똥개가 자꾸 맞먹으려고 들잖아! 한주먹감도 안 되는 게."

"말을 말자."

헨리에타가 가지고 온 비닐을 내려놓자 음식물이 흘러내렸다. 비상식량이 곧장 달려와 비닐을 물고 흔들었다. 헨리에타는 육포로 비상식량을 유인해선 바깥으로 내보냈다.

"적시운 님은 좀 어떠셔?"

"좋아 보였어. 아마도."

"어째 확신이 없는 대답 같은걸."

"피곤해서 그래, 피곤해서."

대강 대답한 헨리에타가 침대에 몸을 누였다.

"다른 사람들은?"

"고릴라는 몸 좀 풀고 온다고 나갔어. 저항군 여자는 기지에 다녀온다며 나갔고."

"그렉은?"

"어, 음. 나도 잘 모르겠어. 또 어디서 이상한 생각이나 하고 있는 것 아닐까?"

"……하여간 다들 제멋대로라니까."

"그래도 내가 곁에 있잖아."

"너는 그냥 갈 데가 없는 거잖아."

"……."

밀리아가 입술을 비죽 내밀었다. 살짝 미안해진 헨리에타가 몸을 일으키는 찰나, 문을 벌컥 열고 그렉이 들어섰다.

"돌아와 있었군, 헨리에타. 마침 잘됐다."

"노크 좀 하지그래?"

시비조인 밀리아의 목소리를 무시한 채 그렉이 말했다.

"최근에 길드와 연락해 본 적이 있나?"

"어…… 최근에?"

"그렇다."

"아니, 사표 쓴 이후로는 한 번도 연락한 적 없어. 내 멋대로 관두고는 다시 연락한다는 게 염치없어 보이기도 하고 해서."

"그랬나."

"무슨 일인데 그래?"

"제2공대의 루스칸과 통신하다가 얻은 정보다."

잠시 숨을 돌린 그렉이 말했다.

"길드의 세 공격대 모두가 이곳 에메랄드 시타델을 방문할 예정이라더군."

3

"……."

헨리에타의 얼굴이 희미하게 굳었다. 그녀의 표정을 본 밀리아의 얼굴 또한 심각해졌다.

"설마 우리랑 한판 붙으려는 건가?"

"그건 또 무슨 소리지?"

"우리가 때려치우고 나간 게 마음에 안 들었다거나……."

"그럴 이유가 없잖나. 우리 같은 일개 길드원 따위야 얼마든지 충당할 수 있는 게 거대 길드인데."

그렉의 핀잔에 밀리아가 입술을 비죽 내밀었다.

"그럼 왜 여기로 우르르 몰려온다는 건데?"

"길드원이 총집결할 이유라면 뻔하지."

사냥.

그것도 무척이나 위험한 사냥감을 잡으려는 것일 터.

"무언가 더 들은 얘기는 없어, 그렉?"

헨리에타의 질문에 그렉은 고개를 저었다.

"그게 전부다. 보아하니 루스칸 역시 아는 바가 거의 없는 모양이더군."

"공격대장인데도 말이야?"

"그렇다. 상당히 극비리에 레이드 계획이 진행되고 있는 모양이다.”

그것만으로는 뭔가 설명이 부족한 느낌. 아무리 비밀리에 일을 추진한다고 해도 공대장에게조차 일언반구 귀띔이 없다는 것은 이상했다.

“루스칸이 뭔가 숨기고 있는 건 아니고?”

“거짓말을 했다면 표정과 태도에 다 드러났을 것이다. 루스칸은 그런 사내니까.”

“그건…… 그렇지.”

루스칸 필로스.

밀리아와 비슷한 육체 강화계 능력자. 그중에서도 방어력으로는 단연 원탑이라는 바바리안(Barbarian)이었다.

“뭐, 정말 야만인은 아니지만.”

“그 남자랑 잘 알아?”

“몇 번 함께 임무를 수행한 적이 있어. 견습 시절에 같은 조였거든.”

“실력은 어떤데?”

같은 직종이다 보니 호승심이라도 느낀 모양.

밀리아의 질문에 헨리에타는 잠시 고민했다.

“솔직하게 말해줬으면 좋겠어?”

“당연하지!”

“응, 알았어. 아마 네가 열 명 있는 것보다 루스칸 한 명이 버티는 쪽이 더 든든할 거야."

"……."

"거봐, 그렇게 삐칠 거면서."

"아, 아냐. 삐치지 않았어."

고집스럽게 대꾸한 밀리아가 고개를 홱 돌렸다. 무표정한 얼굴로 대화를 듣던 그렉이 한마디를 보탰다.

"루스칸 필로스는 더블 A랭크의 바바리안이다. 비교가 안 되는 게 당연한 거고, 10분의 1 취급이나마 받는 것도 대단한 일이라고 봐야 할 거다."

"너 좀 맞을래?"

"칭찬을 한 건데 왜 화를 내지?"

"그게 칭찬이라고?"

이를 부득부득 갈아대는 밀리아와 무심한 얼굴로 당혹스러워하는 그렉.

헨리에타는 절로 나오려는 한숨을 애써 참았다.

"두 사람 다 그만해. 어쨌든 우리도 우리대로 정보를 좀 긁어모아야겠어."

밀리아의 얼굴에 화색이 돌았다.

"술집이라도 돌아다녀 볼까? 뭐 괜찮은 정보를 얻을 수 있을지도 모르잖아?"

"그냥 술 마시고 싶어서 그런 건 아니고?"

"응? 아, 아냐. 어디까지나 정보 조사 차원에서……."

"그럼 술은 안 마실 거고?"

"아니, 그래도 술 파는 곳인데 안 마신다는 건 조금……."

"다녀오도록 해, 그럼."

"정말로?"

헨리에타는 고개를 끄덕였다. 사실 쓸데없이 다른 데 돌아다니며 사고 치게 두는 것보단 술집에 처박아 두는 편이 나을 터였다.

"시타델과의 문제는 잘 해결된 건가?"

"아마 그런 것 같아. 앞으로 백작이나 그 끄나풀이 꼬이는 일은 없을 거랬어."

"흠, 알았다."

고개만 끄덕이고 마는 그렉. 반면 밀리아는 두 눈이 휘둥그레졌다.

"해결하다니? 적시운 님이?"

"응, 그가 백작과 담판을 지은 모양이야."

"요 며칠 사이에."

"그렇대."

입을 쩍 벌린 밀리아가 멍한 얼굴로 중얼거렸다.

"과연 내가 택한 분이셔."

"……언제는 마음에 안 드는 놈이라더니."

"응? 몰라, 기억나지 않는걸. 내가 그런 말을 했었어?"
어린애 같은 시치미에 헨리에타는 쓴웃음을 지었다.

스트롱홀드의 북쪽에 위치한 격납고.
간략한 수리를 받고 있는 거대 비행선이 그곳에 있었다. 전체적으로 매를 형상화한 비행선은 좌우 너비만 족히 100m에 이르렀다.
이른바 저거너트(Juggernaut)급으로 분류되는 초대형 비행정. 함교에 해당하는 돌출부엔 화살에 꿰뚫린 붉은 태양이 그려져 있었다. 퀀텀 리퍼 아킬레스의 기함인 '오디세우스(Odysseus)'였다.
기이잉.
선교로 이어지는 출입구가 열리며 아킬레스 프레스터가 안으로 들어섰다. 갑판에서 작업 중이던 부하들이 그를 발견하고는 고개를 조아렸다.
"돌아오셨군요."
"음."
흑발의 청년이 아킬레스의 코트를 받아 들었다. 아킬레스는 함장 전용의 의자에 걸터앉았다.

"백작과의 회담은 어떠셨습니까?"

"네 말대로더군, 네이트. 제법 영민한 아가씨였어. 뭔가를 숨기고 있는 게 보이는데도 그게 뭔지 짐작이 가지 않더군."

"저희 동지 중에서도 유독 두각을 드러내던 친구였지요."

유전 단말 강화 프로젝트, 통칭 신인류 계획. 그 산실 중 한 명인 네이트 브락시온은 웃었다.

"그 때문에 항상 외로운 모습이었지만 말입니다."

"흠, 외로움에 몸부림치는 어린애로는 보이지 않았는데. 아무래도 조로아스터란 사내가 잘 보필해 온 모양이군."

"그런 것 같습니다. 최근까지는 도시 운영에 큰 문제가 거의 없었던 것 같더군요."

"요사이엔 뭔가 다르다는 얘기로 들리는군."

"예, A급 뇌전술사 매카시의 사망도 사망이거니와 얼마 전엔 스트롱홀드 내에서 폭발 사고가 발생했다는 얘기가 있습니다."

"흠."

아킬레스는 턱을 쓰다듬었다. 희미하게 돋아난 거뭇거뭇한 수염. 그러나 네이트의 눈엔 흰 수염을 쓸어내리는 백전노장이 보이는 것만 같았다.

"백작도, 그 보좌관도 무언가 숨기고 있는 것만은 확실합니다."

"우리의 계획에 차질이 빚어질 만한 내용이라 추측하나?"

"그렇지는 않습니다. 사실 애초부터 에메랄드 시타델에 기대할 수 있는 건 약간의 인력과 자원에 지나지 않았으니까요."

"인력 얘기가 나왔으니 말인데, 지원 요청 건은 어떻게 됐지?"

"일단은 네오 유타주의 케르베로스 길드가 요청에 응했습니다. 최상위 3개의 공격대 전원이 투입될 예정입니다."

"케르베로스라면 엘모 라트린 휘하의?"

"그렇습니다."

"과연. 그래도 옛 친구라고 힘 좀 써주는군."

"그 외에도 7개의 길드가 요청에 응해주었습니다."

"1선급은?"

"앞서 말씀드린 케르베로스 길드, 그리고 스펙터 길드 정도입니다. 물론 최정예 길드원만 엄선해 1개 정도의 공격대로 재편할 때의 얘기입니다만."

"쓸 만한 인원은 50명 정도라는 거군."

"예, 그래도 나머지 병력으로도 잔챙이 마수들의 처리쯤은 얼마든지 가능합니다."

"그럴 테지. 소위 상위권 길드라는 미명하에 그간 누린 것이 얼만데, 그쯤은 해줘야지."

아킬레스가 자리에서 일어났다.

철컥.

의자의 옆면이 젖혀지며 칼자루가 튀어나왔다.

투박하게 세공된 클레이모어. 칼날 곳곳에 날이 빠져 무기라기보다는 골동품의 느낌이 강했다.

아킬레스는 그런 대검을 어깨에 걸쳤다. 네이트의 눈동자가 미세하게 흔들렸다.

"목욕물을 데워놓았습니다만."

"네가 씻으면 되겠군. 나는 좀 나갔다 오겠다."

"사냥입니까?"

"음, 짬이 날 때마다 움직여 둬야지 몸이 녹슬지 않거든."

네이트는 내심 쓴웃음을 지었다. 가장 움직일 필요가 적은 이능력을 보유했으면서 아킬레스는 그 누구보다도 격렬히 움직이는 쪽을 선호했다.

'몰려드는 회한을 어떻게든 떨쳐 내려는 몸부림일 테지.'

그는 눈앞의 사내를 존경했다. 30대의 육체에 80대의 정신이 서린 완벽한 전사를.

때문에 그의 복수심과 고통에 대해서도 잘 알고 있었다. 한 마리의 마수를 향한 인간의 집념이 얼마나 위대하며 처절한지도.

'황혼의 순례자.'

직접 본 적은 없다. 마지막으로 순례자가 나타났을 때 그는 태어나지도 않았으니까.

하지만 놈이 얼마나 증오스러운 존재인지는 잘 안다. 누구보다도 그날의 기록을 많이 보았으며 잘 알고 있기에.

'이제 곧 결착의 시간이 온다.'

그 누구도 아킬레스 프레스터, 퀸텀 리퍼의 복수를 방해할 수는 없을 것이다. 그가 그렇게 되도록 만들 것이다.

"도시 내부의 마수 출몰 지역을 추출하여 PDA에 전송해 드리겠습니다. 그것을 확인하시면 얼추 감이 잡히실 겁니다."

"도시 내부라고 했나?"

"예, 정확히 말하자면 하층민 구역입니다."

"흠."

마뜩잖다는 표정이 아킬레스의 얼굴에 스쳤다.

"이곳 또한 그 방식을 고수하는 모양이군."

"제국 내의 모든 도시처럼 말입니다."

"피닉시온시가 있잖나."

"그럼 거의 모든 도시로 정정하지요."

아킬레스는 콧등을 문질렀다. 그가 기분이 상했을 때 보이는 버릇임을 네이트는 잘 알고 있었다.

"아킬레스 님, 하층민을 활용한 도시 방어 계획은 황제 폐하께서 세우신 것입니다."

"알고 있네. 하지만 그게 폐하의 머리에서 나왔다고 해서 반드시 옳은 일인 양 취급받아선 안 돼."

네이트는 그저 고개만 조아렸다. 존경하는 사내와 말싸움을 해봐야 좋을 것은 하나도 없었으니까.

아킬레스도 더 말을 잇진 않았다. 신뢰하는 부관에게 이런 말을 늘어놓아 봐야 뭐가 바뀔 리도 없었기에.

"다녀오지. 그동안 오디세우스를 잘 부탁하네."

"예."

"그런데……."

PDA를 꺼내 든 아킬레스가 쓴웃음을 지었다.

"그냥 자네가 좀 보여주지 않겠나? 아직도 이놈의 기계를 다루는 덴 익숙하질 않아서."

"기다려 주십시오. 아예 갑판의 스크린에 지도를 띄우겠습니다."

우웅.

아이맥스 규모의 거대 스크린 위로 시타델의 지형이 나타났다. 몇 차례의 확대와 이동을 거쳐 하층민 구역이 스크린을 가득 메웠다.

이윽고 그 위로 반짝이는 광점들.

"붉게 빛나는 부분이 최근 마수가 대량으로 목격된 위치입니다."

"흠."

미간을 찡그린 채 화면을 보던 아킬레스가 말했다.

"어디를 노릴까. 자네가 한번 추천해 보지 않겠나? 나는 저 하층민 구역에 가 본 적이 없어서."

"저도 가 본 적은 없습니다만……."

"늙은 나보다는 잘 알겠지."

턱을 매만지며 생각하던 네이트가 말했다.

"보아하니 C섹터의 7A 지점에 대규모의 아파트 단지가 있는 것으로 보입니다. 물론 지금까지 원형 그대로 남아 있지는 않겠지만……."

"모양을 유지한 곳에는 마수들이 있을 거란 말이군."

"예, 마수 출몰지를 한데 이으면 저 아파트 단지를 중심으로 하는 원이 나타납니다. 그것을 통해 유추하자면……."

"저곳이 놈들의 본거지란 말이군."

"그렇습니다."

"알겠네."

아킬레스는 고개를 끄덕였다.

"오늘은 저곳에서 몸을 좀 풀어야겠군."

"……."

적시운은 반쯤 무너진 벽의 턱에 발을 걸쳤다. 먼 방향, 희미한 안개 너머로 몇 채의 건물이 솟아나 있는 것이 보였다.

주변 건물들보다 최소 5층 이상은 더 큼직한 건물들. 대부분 무너져 내린 지금이기에 그 정도지 실제로는 10층 이상은 더 높았을 것임이 분명했다.

아파트 단지의 잔해. 그곳에서 마수들의 체취가 진하게 느껴졌다.

철컥.

적시운은 소총을 어깨에 걸치고선 옥상 위를 도약했다.

오늘의 사냥터는 저곳이었다.

4

검은빛 기체에 뒤덮인 해안.

햇살마저 가릴 만큼 치솟은 안개로 인해 주변 지형을 파악하는 것은 불가능에 가깝다.

방사능에 오염된 석유가 기화된 안개. 한때 검은 황금이라고도 불렸던 석유는 해안 전체를 죽음의 공간으로 만들었다.

그럼에도 그곳에는 생명체가 존재한다.

마수들.

죽음의 안개라는 개념은 기존의 생명에게나 통용될 뿐이

다. 석유에 뒤섞인 방사능은 마수들에게 있어선 무엇과도 바꿀 수 없는 활력소. 황혼의 순례자가 그곳을 찾아온 것은 어찌 보면 필연이라 할 수 있었다.

쿵…… 쿵……!

한 걸음을 내디딜 때마다 지축이 경련한다. 강대한 마수들조차 겁을 먹고는 사방팔방으로 흩어진다. 발길이 닿는 곳마다 시시각각 지형이 변화한다.

살아 숨 쉬는 대재앙. S등급 에픽 레벨 마수의 눈동자가 어두운 안개 속에서 번뜩였다.

취이익.

내뿜는 콧김에 의해 주변의 안개가 잠시 흩어졌다. 어둠이 걷히며 나타난 것은 적갈색 빛깔의 비늘로 뒤덮인 파충류의 머리.

크로울링 드래곤은 주변을 두리번거렸다. 산란의 때가 다가오고 있다. 그러나 아직은 아니다. 약간의 시간이 더 필요하다. 그리 길지는 않을 테지만 짧지만도 않은.

그동안 작은 벌레들이 덤벼들 것이다. 나약한 피육과 앙상한 쇠붙이로 무장한 벌레들이.

오래전 상대했던 벌레들은 약하지만 집요했다. 강대한 순례자조차도 죽음의 위기를 느꼈을 만큼.

그리고 놈들은 다시 나타날 것이다. 순례자는 본능적으로 그 사실을 감지했다.

산란을 위해선 안정이 필요하다. 강대한 마수라 하여도 새끼를 낳는 순간만큼은 약해질 수밖에 없으니.

자기 자신을 보호할 수단이 필요했다. 벌레들의 시선을 다른 곳으로 끌 만한 수단이.

다행히 순례자의 근처엔 써먹기 좋은 장난감이 많았다.

쿠구구구.

황혼의 순례자가 붉은 안광을 토해냈다. 무형의 파장이 순례자의 거체로부터 뿜어져 나와 블랙 라이트 해안 전체로 퍼져 나갔다.

초월적인 능력을 지닌 S등급 마수이기에 가능한 권능.

해안에 퍼져 있는 마수들의 정신이 황혼의 순례자의 정신과 링크되었다. 순례자의 의지가 마수들의 뇌리에 강렬히 각인되었다.

'가라. 벌레들의 소굴로 가서 놈들을 철저히 짓밟아라.'

쿠구구구……!

해안 전역이 사시나무처럼 흔들렸다. 바닷물이 솟구쳐 오르고 흑색 안개가 허공에서 흩어졌다.

마수들의 걸음이 북서쪽으로 향했다.

"……."

실피드는 말없이 시선을 내리깔았다. 비스듬하게 떨어지는 시선 끝에는 연녹색의 배지가 놓여 있었다.

에메랄드 시타델 특무 요원임을 증명하는 신분증. 그녀의 자부심이자 자존감이었다.

더 이상은 아니었지만.

"……."

오스카리나 백작이 돌아오고 모든 것이 정상화되었다. 고문실에 잡혀 있던 그녀 또한 자연히 풀려났다.

조로아스터는 사과는커녕 그녀를 찾아오지도 않았다. 혼절에서 깨어난 그녀가 본 것은 의무실 천장의 창백한 형광등뿐.

무슨 일이 벌어졌는지도 의무원에게서 전해 들었다.

억울한 구금과 고문, 변명 하나 없는 사후 처리.

어찌 보면 당연한 일이다. 그녀 정도의 대용품쯤은 널리고 널렸으니까. 그녀 하나가 없어진다고 해서 이 도시가 바뀌거나 몰락할 일은 없을 것이었다.

"몸은 좀 괜찮습니까?"

처음 듣는 목소리.

흠칫 놀란 실피드가 고개를 돌렸다. 목소리와 마찬가지로 낯선 얼굴이 그녀를 바라보고 있었다.

흑발의 청년. 그것 외엔 아무 정보도 없었다. 정말로 난생 처음 보는 상대였기 때문이다.

'접근하는 걸 감지하지 못했다.'

그녀 또한 염동술사. 누군가가 접근한다면 염동술사 특유의 감지망을 통해 느낄 수가 있었다. 한데 이 남자는 기척조차 내지 않고서 방 안에 들어섰다.

결국 둘 중 하나.

트리플 B랭크의 그녀보다 뛰어난 이능력자이거나…….

'아티팩트 소지가 허용된 자.'

기본적으로 백작을 포함한 고위직을 제외한다면 스트롱홀드 내에서는 아티팩트 사용이 금지된다. 대부분 검색대에서 수거되어 나갈 때 돌려주는 식. 그러한 원칙에서 벗어나는 이는 극소수에 불과했다.

"후자입니다."

청년의 말에 실피드는 움찔했다.

"네?"

"생각하고 계신 것, 후자라는 말씀입니다."

"그게 무슨……."

청년은 오른팔을 들어 올렸다. 백금제 손목시계에 소형 장치가 부착되어 있었다.

"다용도 아티팩트입니다. 은닉 기능도 겸하고 있지요."

청년이 장치를 끄자 기척이 느껴졌다. 그와 반대로 경계심은 더욱 강해졌다.

"텔레패스(Telepath)?"

"아뇨, 독심술 같은 건 쓸 줄 모릅니다. 그저 약간의 추리를 했을 뿐이죠."

"누구시죠?"

"네이트 브락시온. 아킬레스 프레스터 님의 보좌를 맡고 있습니다."

"……!"

생각 이상의 거물. 펜타그레이드의 명성도 명성이지만 아킬레스가 이끄는 공격대인 데이브레이크(Daybreak)의 명성 또한 전설적이었던 것이다.

네이트 브락시온은 그 데이브레이크의 중추. 실질적인 공격대장이었다.

'그런 거물이 왜 나를?'

경계심은 여전히 풀 수가 없었다. 사실 두려움이라 부르는 편이 어울릴 터였다. 고문의 후유증 때문인지 사람을 대하는 것 자체가 꺼려졌다.

네이트는 부드럽게 웃었다. 보는 이의 마음을 안정시키는 능숙한 미소였다.

"얘기는 전해 들었습니다. 억울한 일을 당하셨다지요."

누구에게서?

목구멍까지 치솟은 질문을 실피드는 애써 삼켰다. 저 정도쯤 되는 사내가 정보를 얻어내는 것은 일도 아닐 테니까.

문제는 다른 데 있었다.

그 정보를 가지고서 무엇을 하려는가.

실피드는 정공법으로 부딪치기로 했다.

"저를 스카우트하시려는 생각인가요?"

"굳이 숨길 필요는 없겠지요. 그렇습니다."

"이유를 물어봐도 될까요?"

"실피드 리넨 양의 능력을 높이 샀기 때문입니다."

"저 정도의 이능력자는 데이브레이크에 널렸을 텐데요."

"직설적이시군요. 그렇다면 저도 같은 식으로 답변해 드리지요. 예, 그렇습니다. 폄하하려는 건 아닙니다만, 실피드 양 정도의 이능력자가 적은 수는 아닙니다."

"그렇다면 왜죠?"

네이트는 PDA를 내려놓았다. 도표가 화면에 표시되어 있었다.

시타델 특무 요원 상세 기록표. 이능력을 포함한 전투 능력과 리더십, 판단력 등을 점수화하여 표시해 둔 것이었다.

"이능력과 대인 전투 능력을 제외한다면 실피드 양의 기록은 매카시마저 뛰어넘은 수치더군요."

"실질적으로는 별 도움이 되지 않았지만요."

"그게 오스카리나의 실수였지요."

실피드는 물끄러미 네이트를 바라봤다. 네이트는 진지한 태도로 말을 이었다.

"실피드 양이 수석 요원 자리에 있었다면 매카시처럼 특무부를 궤멸시키진 않았을 겁니다."

"……."

틀린 말은 아니다. 특무부의 궤멸은 매카시가 자초한 일이니. 만약 그녀에게 지휘권이 있었다면 적시운과 충돌하는 일 자체가 없었을 것이다.

'내가 고문을 당하는 일도 없었을 테고.'

억울함에 배에서부터 뜨거운 무언가가 왈칵 치솟았다.

네이트는 그 속내를 다 알고 있다는 듯한 눈빛이었다.

"시타델은 당신의 능력을 활용할 줄 모릅니다. 하지만 우리 데이브레이크와 아킬레스 님은 다릅니다."

네이트가 실피드에게 손을 내밀었다.

"함께 큰일을 도모해 보시지 않겠습니까?"

픽!

쓰레기 더미를 뒤지던 홉고블린이 돌연 몸을 부르르 떨었다. 그러고는 이내 게거품을 물며 고꾸라졌다.

지저분한 목덜미 위에서 빛나는 무언가. 사혈을 꿰뚫은 쇳조각이었다.

케엑!

동료 홉고블린들이 기겁하여 주변을 두리번거렸다. 순간 목덜미에 꽂혀 있던 쇳조각이 허공으로 뽑혀 나왔다.

쉬릭! 서걱!

삽시간에 상황이 종결됐다. 난자당한 홉고블린들이 사이좋게 바닥에 널브러졌다.

잠시 후, 그 자리로 다가오는 인영이 하나.

적시운이었다.

"이 정도면 꽤 괜찮은 어검술 아냐?"

[인정할 수 없네.]

천마의 음성은 평소보다도 무뚝뚝했다.

[이기어검이란 검신에 의념을 싣는 것. 검과 신체가 합일했을 때 비로소 발휘되는 경지이네. 그런 장난질로 흉내 낼 수 있는 것이 아니야.]

"이러나저러나 결국은 날아다니는 칼을 조종하는 거잖아. 미사여구로 포장해 봤자지."

[비도나 자루에 철사나 은사를 연결하는 경우가 종종 있지. 능숙한 암살자들은 은사 끝을 조종하여 비도의 궤적을 자유자재로 조종할 수 있네. 자네의 수법은 기껏해야 그 정도일세.]

"그 정도만 되어도 대단한 거 아냐?"

[진정한 이기어검의 경지에 오르게 되면 손에서 떨어진 검신에도 검기를 실을 수 있게 되네. 그렇게 되면 뚫지 못할 것이 없으며 베지 못할 것이 없지.]

"흠."

적시운은 쇳조각을 손에 쥐고서 내공을 불어넣었다. 이내 천마검기의 흑색 기운이 쇳조각을 휘감았다. 그 상태에서 쇳조각을 허공에 띄웠다. 천마검기는 3초를 채 버티지 못하고 흩어져 버렸다.

"어떻게 해야 손 떼고도 검기를 실을 수 있는데?"

[현재의 자네로서는 불가능하네.]

"그걸 아니까 묻는 거잖아."

[천마검에 대한 성취를 늘리는 수밖에 없네. 어디까지나 가장 중요한 것은 기본이니 말이야.]

"언제나 정공법이 능사는 아냐."

적시운은 일단 자리를 피하기로 했다. 쓰레기와 홉고블린

사체에서 흘러나오는 악취에 코가 마비될 지경이었다.

아파트 단지로 향하는 길.

아직까진 잔챙이들하고만 조우하고 있었다. 그래도 그 빈도가 꽤나 높은 게, 생각보다 많은 수의 마수가 아파트 단지를 중심으로 모여 있는 모양이었다.

'약한 마수가 많다는 건 제법 강력한 개체도 있다는 뜻.'

악어와 악어새의 관계와도 비슷하다. 강한 마수들이 먹고 남긴 찌꺼기를 취하기 위해 자연히 약한 마수들도 몰려들게 마련이었다.

그래도 현재까진 긴장할 만한 상대를 마주치지 않았다. 때문에 적시운은 산책이라도 가는 듯한 가벼운 기분으로 이동하는 중이었다.

우우웅.

다시 한번 천마검기를 실은 쇳조각을 띄웠다. 이번에도 검기는 3초가량 지속되다가 허깨비처럼 소멸했다.

"다시 말해 최소한 3초는 버틸 수 있다는 거잖아."

[적이 가까이에 있다면 한 번쯤은 찔러볼 수 있겠군. 그러느니 직접 뛰어가 찌르는 편이 더 확실하겠지만.]

"단순히 검을 날리는 거라면 그렇겠지. 하지만……."

적시운은 말을 멈췄다. 이제는 반경 200m를 커버하게 된 기감이 무언가를 감지했다.

목소리가 들리진 않았을 것이다. 상대방은 적시운의 존재를 감지하지 못했다.

"……."

적시운은 근처의 폐건물 옥상에 올랐다. 적당히 엄폐물 뒤에 자리를 잡고는 소총을 꺼내 들었다.

AR-15J.

돌격용 소총이라 저격용으로 쓸 만하진 않지만 그래도 200m 정도의 거리라면 충분히 커버할 수 있었다.

목표물은 더블 B랭크 마수인 데드 혼(Dead Horn).

코뿔소의 진화형으로, 육탄전으로 붙는다면 커럽티드 울프 이상으로 까다로운 상대였다.

"체적이 큰 만큼 시험 상대로는 안성맞춤이지."

[뭘 하려는 건가?]

"보면 알아."

적시운은 데드 혼을 겨냥했다. 동시에 소총 안으로 천마검기를 불어넣었다.

5

정확히는 약실 안의 탄환.

츠츠츠츠.

흑색 기운은 정확히 탄두만을 휘감았다. 탄피 쪽을 휘감았다간 격발 순간에 소총 자체가 터져 나갈지도 몰랐기 때문이다.

'그런다고 부상을 입지는 않겠지만…….'

싱거운 생각이 연신 뇌리를 스친다.

'이젠 검기라고 부르기도 애매한걸.'

내심 실소를 머금은 채 적시운은 방아쇠를 당겼다.

탕!

공간을 관통하는 탄환의 궤적이 손에 잡힐 듯했다. 면도날처럼 예리해진 기감 때문이기도 하거니와 흑색 불꽃에 휩싸인 탄환의 흔적은 육안으로도 확인할 수 있을 만큼 선명했다.

푸확!

귤껍질이 벗겨지듯 터져 나가는 데드 혼의 몸통. 마치 대전차 화기에 직격당한 듯한 광경이었다. 충돌 순간 탄두에 가해진 반작용이 천마검기를 사방으로 폭사되게 만들었고 그로 인해 고폭탄이 터지는 듯한 작용이 일어난 것이다.

당연하게도 데드 혼은 절명. 취객처럼 좌우로 비틀거리더니 이내 기우뚱 엎어졌다.

"이 정도면 꽤나 괜찮은 장난질 아냐?"

[…….]

"전통도 좋고 기본도 좋지만 가끔은 이런 식의 응용법도 좋다고 보는데."

[으음.]

거북한 듯한 침음만 뱉고 마는 천마. 피식 웃은 적시운이 소총을 살폈다.

"뭐, 보아하니 자주 써먹기는 힘들겠지만."

혹시나 하여 분해해 보니 노리쇠 내부의 공이가 반으로 뚝 분질러져 있었다. 탄환을 때릴 때의 반동을 버티지 못한 모양이었다.

"예비 부품을 가져오진 않았는데."

[역시 병기는 창검과 활이 최고일세. 그런 장난감은 쓰기 쉽고 복잡한 만큼 잘 부서지는 법이지.]

"총 쏴본 적도 없으면서 아는 척은 잘해요."

[자네가 쏘는 걸 매번 지켜봤잖은가. 게다가 화포라면 중원에도 널리 퍼져 있던 병기일세.]

"하긴, 화약이 처음 쓰였던 게 당나라 시기였다지?"

적시운은 소총을 어깨에 둘러멨다.

일단은 데드 혼의 사체를 살폈다. 초소형 코어라도 있을까 하여 살핀 것인데 아쉽게도 건질 만한 물품은 없었다.

"뭐, 마수가 이 녀석 하나뿐인 것도 아니니."

적시운은 주변을 둘러봤다. 적지 않은 수의 마수가 주변을 서성이고 있었다.

총성을 듣고서 몰려온 모양.

위기감은 딱히 들지 않았다. 적시운의 기감으로도 감지 못할 상대가 있다면 얘기가 달라지겠지만.

어쨌든 방심은 금물. 적시운은 기척을 최대한 없애고서 걸음을 옮겼다. 무혼흡으로 숨을 내쉬며 설매경을 펼쳐 한 보, 한 보를 옮긴다. 그 순간의 적시운은 사실상 존재하지 않는 것이나 다름없었다.

'이걸로도 속여 넘기지 못할 상대가 있다면 얘기가 달라지겠지만.'

과연 그런 존재가 있기는 할까?

회의감이 드는 의문이었으나 세상일은 알 수 없는 법이었다.

"흠."

아킬레스는 고개를 들었다. 주변은 초록색 체액과 적갈색 핏물 범벅이었다. 더불어 본 형체를 유추하기 힘든 살점과 내장들이 벽과 바닥을 치장하고 있었다.

시산혈해라는 진부한 표현이 너무나 잘 어울리는 모습.

그 정중앙에 있음에도 아킬레스의 몸엔 피 한 방울 묻지 않았다.

"먼저 온 손님이 있었나."

분명한 총성.

단 한 발만 울린 걸로 봐선 쏘고 나서 마수에게 당했을지도 모른다는 생각이 들었다.

물론 일격사로 마수를 해치웠을 가능성도 있긴 하다. 하지만 그다지 높지는 않았다. 총성으로 유추하건대 이온 계열 병기가 아닌 구식 화약제 소총임이 분명했던 것이다. 그런 총으로는 하급 마수 한 마리 잡기도 버겁다.

'일격에 급소를 꿰뚫을 정도의 실력자라면 모를까.'

설령 그런 실력을 지녔다 해도 중형 마수 이상에겐 먹히지 않는다. B등급 마수만 되어도 거죽의 방어력이 어지간한 금속 장갑과 맞먹는 수준이기 때문이다.

"……."

무시하고 사냥을 이어갈 수도 있을 것이다. 하지만 아킬레스는 결국 그쪽으로 걸음을 옮겼다.

"하다못해 시체 정도는 수습해 줄 수 있겠지."

마수를 적으로 삼은 이상 모든 인류는 한편이다. 물론 개중엔 마수만도 못한 버러지들도 존재하긴 했지만 그런 종자들이 아닌 이상은 존중과 배려를 받을 가치가 있었다. 이런 황폐한 세계에서 하루하루를 살아간다는 것만으로도 그들은 충분히 훌륭한 투사이기에.

스슥.

아킬레스의 신형이 흐려지나 싶더니 다음 순간 그는 총성이 울린 장소에 서 있었다.

"흠?"

멀지 않은 위치에 마수의 사체가 하나 널브러져 있었다. 필시 총격을 받은 마수일 터.

한데 그 형태가 특이했다. 마치 체내에서 유탄이라도 터진 듯 상체의 절반이 날아가 버린 상태.

'내가 착각한 것인가?'

그럴 리는 없었다. 그가 들은 총성은 분명 일반적인 소총의 그것. 더군다나 저격 소총이 아닌 돌격 소총의 총성에 가까웠다.

물론 지극히 미세한 차이이긴 하다. 그러나 수십 년을 마수 전쟁의 최전선에 서 있었던 아킬레스가 착각했을 리는 없었다.

'게다가 저 모습.'

유탄 발사기나 로켓 런처를 쏘아 맞혔다고 해도 저런 식으로 몸이 터져 나가진 않는다. 마수의 방어력을 감안했을 땐 표피와 충돌하여 폭발하는 게 일반적이고, 그 경우엔 저렇게까지 몸이 터져 나갈 수가 없다.

"……!"

생각을 전개하던 아킬레스가 멈칫했다. 그의 본능이 말하고 있었다. 멀지 않은 위치에 총탄을 쏜 사수가 있다고.

S랭크의 이능력자의 감각은 문자 그대로 초인적이다. 굳이 염동술사가 아니더라도 주변 공간의 움직임과 흐름을 파악하는 것쯤은 어렵지 않았다.

더군다나 그는 텔레포터(Teleporter). 공간 장악력이란 측면에 있어선 모든 이능력자 중 으뜸이었다. 염동술사마저 능가할 만큼.

오히려 경악할 만한 것은 상대방이었다. 텔레포터의 정점에 선 아킬레스를 상대로 이 정도밖에 기척을 내비치지 않고 있으니 말이다.

'은폐용 아티팩트라도 쓰고 있는 것인가? 그게 아니면…….'

아킬레스에 버금가는 이능력자이거나?

그럴 가능성은 높지 않았다. 펜타그레이드의 일원이었다면 아킬레스가 모를 리 없었고, 그 외의 고위 이능력자 또한 대부분 파악하고 있었던 것이다.

"흠."

아킬레스의 입가에 실소가 떠올랐다. 그는 매카시 같은 소인배가 아니었다. 강한 인간은 많을수록 좋았다. 미치광이 연쇄살인마가 아닌 이상은.

'마수라는 공동의 적과 마주하고 살아가는 이상 모든 인간은 동지와 같다.'

그것이 아킬레스의 지론이었기에.

"나는 펜타그레이드의 일원인 아킬레스 프레스터일세."

아킬레스는 주변을 둘러보며 말했다. 특별히 뱃심을 주지 않았음에도 우렁찬 음성이 폐건물 사이사이로 메아리쳤다.

"이리로 나와서 자네의 신분을 밝혀주지 않겠는가?"

"……."

적시운은 가까스로 무호흡을 이어갔다. 미칠 듯이 쿵쾅대는 심장 소리가 연신 고막을 때렸다. 이러다간 심장 소리 때문에 발각되지나 않을까 싶을 지경이었다.

모든 것은 순식간에 이루어졌다. 데드 혼의 사체가 있는 장소에 한 사내가 돌연 나타났고 그는 적시운이 근처에 있음을 대번에 파악했다. 그리고 자신의 정체를 밝혔다.

적시운은 사내의 모습을 보지 못했다. 염동력 감지망이나 기감을 통해서도 사내의 존재를 감지할 수 없었다.

전자라면 모르되 후자의 경우는 가히 충격적. 지금껏 적시운의 기감에 걸리지 않았던 상대는 거의 없었기 때문이다.

꽤나 우렁찬 사내의 음성이 아니었다면 존재 자체를 깨닫지 못했으리라.

더욱 충격적인 것은 사내가 밝힌 정체.

'아킬레스 프레스터!'

에메랄드 시타델을 방문했다는 펜타그레이드의 일원. 이능력자의 정점이라 불리는 S랭크.

그런 거물이 왜 하층민 구역의 폐건물 사이를 서성이고 있단 말인가.

반사적인 의문과 추측이 잇따라 뇌리를 때렸다.

'나를 잡기 위해?'

오스카리나가 적시운의 정보를 팔아넘겼을지도 모른다는 생각이 떠올랐다.

하지만 그럴 가능성은 높지 않았다. 애초에 저쪽은 적시운의 정체를 모르는 눈치였으니 말이다.

목숨 중한 줄 아는 오스카리나가 이제 와 딴마음을 품었을 리도 없었다. 폐혈고의 무서움을 뼈에 사무치도록 느낀 그녀였으니.

어쨌거나 계속 숨어 있는 것은 무의미했다. 무혼흡 상태의 적시운을 감지했다는 것은 찾아내는 것도 얼마든지 가능하다는 뜻.

'게다가…….'

[좋은 기회 아니겠는가? 이쪽 세상의 정점의 힘을 확인해 볼 기회 말일세.]

생각을 잇던 적시운이 미간을 찌푸렸다.

'……남의 일이라고 쉽게 말하는군.'

[자네의 일이 곧 본좌의 일이지. 자네는 천마신공의 후계자일세. 그 네 글자를 어깨에 짊어진 이상, 언제 어디서도 약한 모습을 보여선 안 되네.]

'천마신공의 체면보다는 내 목숨이 중요해.'

[그래서 도망치기라도 할 텐가?]

'아니.'

상대는 퀀텀 리퍼. 정점에 다다른 텔레포터였다. 그런 자를 상대로 숨바꼭질을 해봐야 좋을 것은 없었다.

생각을 마친 적시운이 무혼흡을 풀었다. 아킬레스가 곧장 적시운이 있는 방향으로 몸을 틀었다.

"그곳이었군."

거리는 대략 150m가량. 3층 높이의 베란다에 서 있던 적시운이 아래로 내려섰다. 아킬레스는 적시운이 다가올 때까지 차분히 기다려 주었다.

마음만 먹으면 삽시간에 접근하는 것이 가능할 텐데도 그러지 않는다. 나름의 배려라는 것일까?

그렇더라도 긴장을 풀 수는 없었다. 적시운은 10m 정도의 거리를 두고서 멈춰 섰다. 최소한의 안전거리를 확보하자는 생각이었다.

그 의도를 알 텐데도 아킬레스는 내색하지 않고 미소 지었다.

“이거, 자네의 작품인가?”

데드 혼을 발로 툭 건드리는 아킬레스. 적시운은 고개를 끄덕였다.

“어떻게 한 건가? 보아하니 대전차 병기를 가지고 있는 것 같지는 않은데.”

“그냥, 능력껏.”

“흠, 대답 회피인가. 하긴 자네 입장에선 그럴 만도 하겠군. 나 같은 불청객에게 능력을 일일이 까발려서야 곤란하겠지.”

“…….”

“그래도 통성명 정도는 괜찮겠지? 앞서도 말했지만 다시 소개하지. 아킬레스 프레스터라고 한다.”

“퀸텀 리퍼 말이군.”

“그렇게 불리기도 하지. 자네의 이름은?”

“적시운.”

"흐음."

아킬레스는 몇 차례 그 이름을 입속으로 굴려 보았다.

"중국계…… 는 아닌 것 같군. 일본계인가?"

"한국계."

"아, 그렇군. 제국 내 요직에도 한국계 동양인이 몇 명 있었지."

그중 한 명이 어쩌면 김은혜일지도 모른다. 그렇다 해서 달라질 것은 딱히 없었지만.

"여하간 대단한 실력이군. 내가 잘못 파악한 게 아니라면 단 한 발의 사격으로 이 녀석의 숨통을 끊었어. 데드 혼은 꽤나 맷집이 좋은 마수인데 말이야."

"어차피 당신 앞에선 애들 재롱이나 다름없을 텐데?"

"그렇지만은 않네. 펜타그레이드라 해봐야 결국은 한 사람의 인간에 불과하거든."

강자답지 않은 겸양. 하지만 그보다 못한 존재들이 듣기엔 일견 가식적으로도 느껴지는 말이었다.

"흠, 어쨌거나…… 시운 맞나? 그렇게 부르면 되겠나?"

적시운은 고개를 끄덕였다. 아킬레스는 만족한 듯 웃었다.

"첫 대면에 이런 말을 듣는다는 게 좀 이상할지도 모르겠네만……."

아킬레스 프레스터는 진중한 어조로 말했다.

"내 밑으로 들어오지 않겠나?"

6

"황혼의 순례자……."

네이트의 설명을 들은 실피드가 흠칫 몸을 떨었다. 그의 정체를 들었을 때에도 예상하지 못했다.

마지막으로 순례자가 나타났던 건 30년 전. 그녀가 태어나기도 전의 일이었다. 당시 북미 제국은 조금씩 기틀을 잡아가던 신생국이었으며 펜타그레이드 또한 존재하지 않았다.

그런 가운데 나타난 S급 마수. 크로울링 드래곤에 맞서 싸운 전력의 태반은 시민들 스스로 조직한 민병대였다. 그리고 그 리더가 바로 아킬레스 프레스터.

실피드가 알고 있는 역사는 그 정도가 전부였다.

"정말 황혼의 순례자가 다시 모습을 드러낸 건가요?"

"그렇습니다. 관측한 바에 따르면 놈은 이미 블랙 라이트 해안에 상륙한 상태입니다."

"……!"

에메랄드 시타델에서 직선거리로 300㎞가량 떨어진 지역. 대형 마수의 규모와 이동력을 감안한다면 결코 먼 거리가 아니었다.

"곧 시타델 자체가 위험 범위에 들어설 겁니다."

"놈이…… 이곳으로 온다는 건가요?"

"직접 오지는 않을 겁니다. 수하들을 보내겠지요."

"수하들이라고요?"

"S등급 마수는 단순히 몸집만 큰 표적이 아닙니다. 인간 이능력자마저 아득히 뛰어넘은 정신 능력을 지니고 있지요. 미개한 일반 마수들쯤은 마음대로 조종할 수 있을 정도의 힘을 말입니다."

"그렇다면……."

"놈은 영악합니다. 인간의 공동체가 근처에 있다는 것을 알고 있으며 자신의 산란을 방해하려 들 거라는 것 또한 알고 있을 겁니다."

실피드는 흠칫했다.

"방금 산란이라고 하셨나요?"

"예, 놈은 자손을 낳기 위해 해안에 상륙한 겁니다."

"……!"

실피드의 얼굴에 그림자가 드리웠다. S급 마수의 산란. 황혼의 순례자와 같은 마수가 수십, 수백 마리로 증식하게 된다면…….

"반드시 막아야겠군요."

"예, 그렇기에 실피드 양의 힘이 필요합니다."

네이트의 어조에 장난기는 섞여 있지 않았다. 하지만 실피드는 농담이라도 들은 것 같은 기분이었다.

"하지만 여전히 이해할 수 없네요. 제 힘이 필요하다면 백작님과 대화하시면 간단한 일일 텐데요. 아니, 애초에 사정을 알리기만 하셔도 시타델의 전폭적인 지원을 받을 수 있을 거라 보는데요."

"물론 시타델의 지원을 받을 계획입니다. 하지만 그와 별개로 우리 사람이 더 필요합니다. 제 지휘를 완벽하게 따를 수 있는 유능한 사람이 말입니다."

"……."

"실례가 될 얘기일지도 모르지만 시타델의 지휘 체계는 엉망입니다. 오스카리나는 분명 뛰어난 지성을 지녔지만 온실 속 화초로 자라났기에 세상에 대해선 잘 모릅니다. 조로아스터는 언급할 가치도 없는 인물이고요."

가려운 곳만 골라서 긁어준다.

도리어 그로 인해 반감이 들 정도의 언변. 하지만 자꾸만 한쪽으로 마음이 쏠리는 건 어쩔 수 없었다.

"데이브레이크와 함께라면 더 이상 부당한 대우를 받을 일은 없을 겁니다."

"하지만 제가 데이브레이크에 들어가게 된다면…… 백작님이나 조로아스터 님이 그 사실을 아시게 된다면……."

"그들이 언제 당신에게 신경이나 썼었습니까?"

폐부를 찌르는 듯한 한마디.

실피드로서는 도저히 반박할 말이 떠오르지 않았다. 결국 그녀는 항복하는 심정으로 말을 꺼냈다.

"데이브레이크에 가입하겠어요."

네이트는 부드럽게 웃었다.

"환영합니다, 동지여."

[건방진 놈이로군.]

평소와 달리 천마의 음성에서 적의가 묻어났다.

[감히 누구더러 자기 밑으로 기어들어 오라고 지껄이는 것인가?]

'나더러. 당신 말고.'

[자네는 천마신공의 계승자, 본좌의 후계자일세.]

'그게 다른 사람 밑에 들어가선 안 된다는 의미는 아니잖아?'

[그런 의미일세!]

적시운은 고막이 찌릿하는 느낌에 미간을 찡그렸다. 그저 머릿속에서 주고받는 망령과의 대화일 뿐인데 이럴 때는 묘하게 현실성이 느껴졌다.

아킬레스는 적시운의 반응을 제안에 대한 부정으로 해석했다.

"하긴 다짜고짜 밑으로 들어오라 한다면 기분이 나쁠 테지. 이해하네."

"아니, 딱히 그 때문은 아닌데……."

"그런가? 어쨌든 이것 하나만은 약속할 수 있네. 제국 내의 그 어떤 세력과도 비교를 거부하는 최고의 대우를 해줄 것이라네."

[저런 말 지껄이는 놈들치고 제대로 된 놈을 보지 못했지.]

적시운은 마음속으로 한숨을 쉬었다.

'내가 알아서 할 테니 좀 자중하셔.'

[잊지 말게. 자네가 바로 천마신공의 계승자임을!]

'잊은 적 없어. 잊을 수도 없고. 잊을 만하면 댁이 떠들어대는 통에 귀에 딱지가 눌러앉을 지경이라서 말이야.'

[흠…… 그랬던가?]

'어쨌든…….'

적시운은 아킬레스를 똑바로 응시했다. 외관만 보자면 많아 봐야 30대. 대강 봐도 2m는 됨직한 키에 몸무게 또한 가뿐히 100kg을 넘길 듯싶었다. 상당한 단련을 거쳤음을 짐작게 하는 체형. 육체 강화 능력자가 아닐까 싶을 정도였다.

'나노 머신이 만들어낸 근육일지도.'

어느 쪽이 됐든 실제 나이가 80대라는 걸 상상조차 못 할 외관이었다. 물론 그 육체는 어디까지나 부수적인 전력에 불과할 테지만.

그렇다 하여 위축될 이유는 없었다. 적시운은 정중한 어조로 대답했다.

"제안은 고맙지만 사양하지."

"흠."

아킬레스는 화를 내거나 불쾌해하지 않았다. 그저 아쉬운 듯 입맛을 다실 따름이었다.

"이럴 줄 알았으면 네이트를 데려올 걸 그랬군. 아무래도 설득하는 쪽엔 영 젬병이라서 말이지."

"누가 설득하더라도 대답은 달라지지 않았을 거요. 조건이나 대접의 문제가 아니라 목적의 문제라서."

"흐음, 그러니까 자네에겐 다른 목적이 있기에 우리와 뜻을 같이할 수 없다는 건가?"

적시운은 고개를 끄덕였다. 아킬레스는 더 설득하려 드는 대신 담백한 미소를 지었다.

"뭐, 그러면 이것도 인연인데 말동무나 좀 더 해주지 않겠나?"

"글쎄……."

"나는 이 주변의 마수들을 정리할 생각이네. 자네도 아마 비슷한 이유로 찾아왔을 테지? 퀘스트라도 받았나?"

"아니, 그건 아니오."

"그럼 자기 단련이 목적인가?"

"일단은."

"잘됐군. 서로 심심하지는 않겠어."

적시운은 쓴웃음을 지었다. 아무래도 다른 핑계를 대고 떠나기는 힘들 듯했다.

'한데…… S랭크 텔레포터라면.'

돌연 한 가지 가능성이 뇌리를 스쳤다. 적시운으로서는 그냥 간과하고 지나칠 수가 없는 문제였다.

"한 가지만 물어봐도 되겠소?"

"흠, 뭔가?"

"듣기로는 S랭크 텔레포터라고들 하던데, 사실이오?"

"그렇네만."

"그러면……."

적시운은 주저했다. 이 말로 인해 약점을 잡힐 수도 있다는 걸 알았기 때문이다. 하지만 그렇더라도 물어볼 수밖에 없었다. 이런 기회가 여러 번 찾아올 리 없었기에.

"대양 너머로도 텔레포트를 할 수 있소?"

"대양 너머?"

"그렇소. 태평양, 혹은 대서양 너머의 대륙으로 말이오."

"흐음."

턱을 쓰다듬는 아킬레스의 얼굴에 희미한 미소가 걸렸다.

"만약 그렇다면?"

"거래를 할 수 있겠지."

밑지고 들어가는 상황.

그래도 적시운으로선 어쩔 수 없는 일이었다. 예컨대 태평양만 건너가면 러시아나 일본, 대서양을 건너가면 동유럽이나 아프리카에 도착할 수 있다. 그때부터는 대륙을 횡단하면 그만.

일본 같은 경우는 동해가 가로막고 있기는 하다. 하지만 비교적 얕고 좁은 대한해협을 경유한다면 건너가는 게 어렵지는 않을 터였다.

애초에 가장 큰 문제는 북미 대륙을 벗어나는 것이었다. 수천 ㎞ 너비의 대해가 가로막고 있기에 힘든 것이지 그것만 벗어난다면 더는 문제 될 것이 없었다.

육지의 마수들은 어떻게든 상대할 수 있다. 정 상대하기 어려우면 피하거나 달아나면 그만이다.

'이 사람의 능력이라면……!'

S랭크 텔레포터. 정확한 능력까진 모르지만 인간을 초월한 존재라는 것만은 알고 있었다. 그 정도의 능력자라면 대

해를 건너가는 것 또한 가능할 터.

다른 방법을 강구하는 것보다 훨씬 간단히 집으로 돌아갈 수 있을 것이었다.

"거래라……."

아킬레스가 천천히 턱을 쓰다듬었다. 대화의 주도권이 자신에게 넘어왔음을 알고 있는 눈치였다.

설령 그렇더라도 어쩔 수 없다. 정말 대해를 건너는 게 가능하다면 적시운은 그의 발이라도 핥을 수 있었다.

"자네도 북미 제국의 신민이라면 알고 있을 테지? 황제 폐하께서 쇄국령을 내리셨다는 사실을 말이야."

"얘기는 들었소."

"한데도 대양을 건너가야 한다는 건가? 무엇을 위해서?"

거짓말을 할 수도 있다. 얼버무리거나 대답하지 않을 수도 있다. 하지만 적시운은 그러지 않았다. 이미 마음을 정한 이상은 뚝심 있게 밀고 가야만 했다.

"집으로 돌아가기 위해."

"집이라고?"

"나는 이곳 사람이 아니오. 사실 얼마 전까지만 해도 북미 제국이란 게 존재하는지조차도 몰랐지."

"흐음?"

아킬레스의 눈이 이채를 발했다.

"그러니까 지금, 대양 너머에서 왔다는 말을 하고 싶은 건가?"

"대한민국 정부 소속 2급 사이킥. 그게 바로 내 직함이오."

아킬레스의 눈매가 좁혀졌다.

"좀 더 설명이 필요해 보이는군."

"물론."

적시운은 자신의 이야기를 털어놓았다. 김은혜를 제외한다면 북미 대륙에 도착한 이래 처음이었다. 적시운은 타임슬립과 천마에 대한 것을 제외한 모든 정보를 털어놓았다. 그 정도 진정성을 보이지 않고서는 아킬레스를 설득하기 힘들 거란 계산에서였다.

"흐음……."

아킬레스는 반신반의하는 표정이었다. 하기야 적시운이 같은 입장이라 해도 믿기 힘들 터였다.

"자네가 한국계라는 얘기를 했을 땐, 그저 그쪽 계통의 피가 섞인 제국인이라고만 생각했네만."

"내가 태어난 곳도 자란 곳도 한국이오."

"외국인이다 이거군. 나로서도 생전 처음 만나는 외국인 말이야."

아킬레스가 쓴웃음을 머금었다.

"외국인과의 첫 만남치고는 꽤나 싱겁구먼."

“…….”

“좋아 농담할 분위기는 아니라는 거지. 여하간 앞서 말했다시피 대양을 건너가는 건 폐하의 의지에 반하는 일이네.”

“직접 건너가 본 적이 한 번도 없소?”

“……그렇지는 않지.”

아킬레스가 씨익 웃었다.

“사실 금제라는 건 으레 그런 법이거든. 하지 말라고 하면 더 하고 싶어지지. 자네도 그렇지 않던가?”

적시운은 고개를 끄덕였다.

“황제가 칙령으로써 금했다면 황제 몰래 하면 그만이지. 결국 그 모든 법규라는 건 걸리지만 않으면 무의미한 거요.”

“큰일 날 소리를 하는군. 하지만 부정하지는 못하겠어.”

“분명히 해둡시다. 당신에겐 대양을 건너갈 능력이 있소. 내가 필요로 하는 걸 가지고 있다는 뜻이지.”

“그렇다면 자네가 패를 내놓을 차례로군. 내게 무엇을 제공할 수 있나?”

“앞서 말했던 것. 부하 노릇이라도 해드리지.”

“과연. 하지만 의문이 드는군. 내가 폐하의 칙령까지 어겨가면서 거둬야 할 만큼, 자네의 능력이 가치 있단 말인가?”

예상대로의 반응. 적시운은 준비해 두었던 말을 꺼냈다.

“확인해 보시겠소?”

7

아킬레스가 까칠까칠한 턱을 쓰다듬었다.

“확인이라. 어떤 식으로 말이지?”

“어떤 방식이든. 그쪽 입맛에 따라서 고르면 되지 않겠소?”

“말투를 보아하니 대련을 청해도 받아들일 분위기로군.”

S랭크 이능력자와의 대련. 힘겨루기 자체가 통하기나 할까 싶었다.

만약 아킬레스가 딴마음을 품고 있다면 위험해질 수도 있었다. S랭크 이능력자야말로 지금껏 만나온 어떤 마수나 인간보다도 강한 존재이니.

‘이번엔 반대하지 않는 거야?’

적시운은 마음속으로 천마에게 물었다.

[자네의 뜻이 확고하다면 본좌의 반대가 무슨 의미가 있겠나? 좋을 대로 하게.]

어쩐지 퉁명스럽게도 느껴지는 대답.

적시운은 내심 쓴웃음을 머금었다. 그래도 피할 수는 없었다.

“원한다면.”

“흠?”

“대련을 원하는 거라면 받아들이겠다는 거요.”

"허."

아킬레스가 헛웃음을 지었다. 생각지도 못한 대답이라는 태도였다.

"꽤나 낯선 상황이군. 사실 지금껏 이런 반응을 거의 마주한 적이 없거든."

하긴 그럴 테지.

적시운은 속으로만 중얼거렸다.

어느 누가 펜타그레이드를 상대로 대련을 하겠다고 나서겠는가.

"자네가 유달리 용감한 건지, 아니면 내가 얕잡아 보인 건지는 모르겠지만……."

적시운은 모든 감각에 긴장을 주었다. 언제든지 아킬레스의 움직임에 반응할 수 있도록.

"대련은 별로 좋은 생각 같지 않군. 가능하면 시간을 들여 자네의 능력을 감상하고 싶거든."

"……."

"자네가 최대한 능력을 펼쳐 보여야 나도 판단이 서지 않겠나?"

다시 말해 대련을 할 경우엔 그게 힘들다는 뜻. 적시운쯤은 단번에 밟아버릴 수 있다는 의미를 돌려 말한 셈이었다.

[건방진 놈이로고.]

천마가 짓씹는 어조로 중얼거렸다.

[본좌가 살아만 있었어도 저 제멋대로 나불거리는 주둥이를 내버려 두지 않았을 것이야.]

'그래도 저 정도면 당신에 비해 겸손한 거라고 보는데.'

[약자의 겸허는 미덕이 아니라 불가결일세. 약한 주제에 오만하기까지 하면 목이 달아나는 법이지.]

'……결국은 자기가 더 강하다고 말하고 싶은 거군.'

[당연한 것 아닌가?]

내심 실소를 머금은 적시운이 아킬레스를 응시했다.

"그렇다면 어떻게 내 능력을 확인해 보시겠소?"

"마침 괜찮은 무대가 있지 않은가?"

아킬레스가 손을 뻗어 주변을 가리켰다.

"마수 사냥꾼이라면 사냥으로 능력을 증명하는 게 가장 빠르고 확실할 테지. 때마침 총성을 듣고 마수들이 몰려드는 모양이군."

"저놈들을 잡으라는 거군."

"자네의 실력을 보여주게나."

평소라면 받아들이지 않을 제안이었다. 이쪽의 패는 어김없이 보여주면서 정작 상대방의 패를 확인할 수가 없기 때문이다.

하지만 지금은 찬물 더운물 가릴 처지가 아니다. 어디까지나 아쉬운 쪽은 적시운이었다.

'똥물이라 해도 뛰어들어야 한다는 거지.'

그렇더라도 최소한의 전제 조건 정도는 제시할 수 있을 것이다.

"만약 내가 당신의 마음에 든다면."

적시운은 말했다.

"당신의 텔레포트 능력을 한 번 정도는 견식시켜 줬으면 하는데."

"과연, 손해만 보지는 않겠다는 건가?"

"괜찮겠소?"

"대해 너머로 가는 것은 힘들겠지만…… 이렇게 하지. 자네에게 로키산맥을 구경시켜 줌세. 어떤가?"

뉴 텍사스주의 위치를 감안했을 때 로키산맥 최남단까지의 거리만 해도 족히 2천 ㎞는 된다. 그 정도면 아킬레스의 능력을 확인하는 데에 부족함이 없을 터였다.

"거래 성립이군."

적시운은 소총을 내려놓았다. 아킬레스의 눈썹이 미묘하게 꿈틀댔다.

"저격이 특기일 거라고 생각했네만, 아닌 모양이군."

"사격 실력은 이미 보았으니 다른 것을 보여주는 편이 점수 따기에 쉽지 않겠소?"

공이까지 부러진 마당이니 총을 쓸 수도 없었다. 몽둥이 대용으로 휘두른다면 모를까.

적시운은 저벅저벅 걸어 나갔다. 머릿속으로는 끊임없이 능력 배분에 대해 고민하면서.

어느 정도 수준까지 힘을 보여주는 것이 좋을까.

지나치게 사리다가는 아킬레스의 마음에 들지 않을 수 있다. 그렇다고 아낌없이 능력을 퍼붓는 것도 마뜩잖았다. 괜한 의문을 사게 될 가능성도 없지 않았고.

크르르르.

코너 건너편에서 들려오는 소리. 마수들은 이제 적시운의 코앞까지 다가와 있었다.

이것저것 따질 여유는 없다는 뜻.

적시운은 일단 눈앞의 전투에 신경을 쏟기로 했다.

"……."

조로아스터의 미간이 찌푸려졌다.

사직서였다. 워드 파일로 작성된 형식적인 내용이 모니터를 채우고 있었다. 어차피 뻔하기 짝이 없는 내용. 자연히 시선이 맨 아래의 발신인에게로 향했다.

"실피드 리넨."

그녀가 관두리라는 것쯤은 예상했었다. 억울하게 투옥되어 고문까지 당했으니 시타델과 조로아스터에 대한 정나미가 떨어질 대로 떨어졌을 터였다. 때문에 그녀의 사직은 그리 놀랄 일이 아니었다.

하지만 그녀 '또한' 사직 대열에 합류했다는 점은 주목할 만했다. 시타델의 공무원직을 내려놓은 이가 그녀 한 명만이 아니었던 것이다.

"오늘만 7통인가."

모종의 수작이 벌어지고 있다. 누군가 시타델의 인재들을 물밑에서 빼돌리고 있었다.

사실 '누군가'라는 상투적인 표현을 쓰는 것도 우스운 일이었다. 모든 게 누구의 소행인지 알고 있는 조로아스터였기에.

"아킬레스 프레스터."

정확히는 그의 부관인 네이트 브락시온. 실질적인 데이브레이크의 CEO였다.

현대의 공격대 및 군단은 철저히 기업화가 되어 있었다. 마수 사냥 및 그와 연관된 업종들의 경제가치만 해도 족히 수백억 달러에 이른다. 자연히 인재의 중요성 역시 커질 수밖에 없었다.

그런 관점에서 보자면 네이트의 행보는 욕할 것이 없었다. 그는 적합한 조건을 제안했을 테고 그것을 받아들인 개인의 의사 역시 존중하는 것이 옳았다.

하지만 이 정도로 노골적인 인재 빼내기라니. 조로아스터로서는 입맛이 쓸 수밖에 없었다.

"빌어먹을 놈. 우리가 얼마나 인재난에 시달리고 있는지 알 텐데도."

매카시를 비롯한 특무부가 궤멸된 상태.

시타델은 뿌리부터 흔들리는 중이었고 대외적인 신용 및 평가 또한 몇 단계는 족히 떨어진 상태였다.

그런 시기에 타이밍 좋게 나타나선 인재들을 빼 간다.

욕이 나오지 않을 수가 없었다.

그렇다고 항의를 하는 것조차 애매했다. 어찌 됐든 아킬레스와 데이브레이크는 시타델을 돕기 위해 찾아온 입장이었으니.

속셈이야 황혼의 순례자에 대한 복수라지만 그것이 시타델에도 꼭 필요한 일임은 인정할 수밖에 없었다.

결국 조로아스터로서는 속으로 화를 삭이는 게 최선이었다. 이 상황에 무슨 행동을 취하든 자충수가 될 것이 뻔했기 때문이다.

그렇기에 더 화가 나는 것이었다.

"적시운……!"

조로아스터의 눈길이 이글이글 타올랐다.

모든 게 그놈 때문이다. 그놈이 나타남으로써 평화롭던 시타델이 안팎으로 흔들리기 시작했다.

매카시를 죽인 것은 그 시작이었을 뿐. 이제 놈은 모종의 수법을 써서 오스카리나 백작까지 구워삶았다.

"백작님……."

그녀는 진심으로 적시운을 두려워하고 있었다.

이해할 수 없는 것은 그러면서도 어느 정도는 적시운에게 호감을 품고 있다는 점이었다. 오스카리나 본인은 내색하지 않고 있었으나 조로아스터는 알 수 있었다. 적시운에 대한 그녀의 전반적인 태도가 우호적으로 변하였음을.

스톡홀름 증후군(Stockholm Syndrome)이라는 심리학 용어가 있다. 요컨대 인질이 범죄자에게 심적으로 동조하게 된다는 현상인데 현재 오스카리나의 태도가 여기에 딱 들어맞았다.

"빌어먹을 놈."

조로아스터는 씹어뱉듯 중얼거렸다. 오스카리나조차 어떻게 할 수 없다면 그가 해결해야만 했다. 그의 손으로 시타델을 원래대로 돌려놓아야 했다.

그러기 위해선 물론 적시운을 제거할 필요가 있었다.

'하지만 어떻게?'

삐빅.

또 하나의 메일이 수신됐다. 발신자는 네이트 브락시온. 조로아스터를 만나고 싶다는 내용이었다.

"……."

기가 막힌 타이밍이라고 해야 할까?

사실 네이트 쪽에서 먼저 접촉해 오리라는 것은 예측했었다. 도둑이 제 발 저린다고 이렇게까지 시타델을 휘저어 놓았으니 뭐라고 한마디라도 해야만 했을 것이다.

그렇다면 그 상황을 이용하지 않을 수 없다. 메일을 읽는 조로아스터의 눈빛이 서늘하게 빛났다.

"으음……."

아킬레스는 침음을 흘렸다. 그의 체내에 심어진 나노 머신은 육체 노화를 방지할 뿐만 아니라 전반적인 강화 효과까지 겸하고 있었다. 때문에 눈의 공간 해상력 및 전반적인 감각이 초인적으로 발달해 있었다. 수십 m 거리의 신문 글귀를 읽는 것조차 어렵지 않을 지경.

더불어 텔레포터 특유의 공간 해석 능력은 그를 문자 그대로 전지전능에 가까운 존재로 만들어 놓았다. 때문에 적시운의 전투를 어렵잖게 관찰하고 해석할 수 있었다. 한데도 침음이 절로 나오는 것이었다.

적시운이란 사내의 능력 자체는 파악을 마쳤다.

'염동술사. 랭크는 트리플 B이며 A까지 랭크 업할 가능성도 다분히 내포하고 있다.'

전투 감각은 발군. 기본적으로 근접전을 펼치되, 적재적소에 염동력을 투사하여 마수들을 박살 냈다. 가지고 논다고 해도 이상할 게 없는 수준. 여기까지만 보자면 그저 감탄이 나올 만했다.

'한데…….'

뭔가가 더 있다. 이능력과 천부적인 센스만으로는 설명하기 힘든 무언가가.

'바로 지금처럼!'

B등급 중형 마수인 뮤턴트 트롤(Mutant Troll)이 적시운의 정면으로 치고 들어온다. 동시에 좌우에선 홉고블린과 코볼트가 창대를 찔러 넣는다.

적시운은 염동력을 펼쳐 코볼트와 홉고블린을 찢어발겼다. 여기까지는 예상대로의 흐름. 다만 두 마수를 처리하느라 정면의 공격에 대해선 미세한 공백이 생길 수밖에 없다.

'일반적인 경우엔 무기와 아티팩트로 그 공백을 메울 테지만…….'

적시운은 뮤턴트 트롤의 품 안으로 파고들었다. 아티팩트가 발동하는 낌새는 보이지 않았다. 그리고 다음 순간, 뮤턴트 트롤의 몸이 거짓말처럼 터져 나가는 것이었다.

"으음."

상황 자체는 완벽히 파악했다. 적시운은 뮤턴트 트롤의 복부에 펀치를 가했고 그 위력에 트롤의 상체가 터져 나갔다.

여기서 '어떻게'라는 의문이 생기는 것이다.

주먹질로 중형 마수의 몸을 터뜨렸다. 그 자체는 불가능한 일이 아니다. 타격 순간에 내장된 작약을 터뜨리는 블라스팅 건틀렛(Blasting Gauntlet) 같은 무기를 쓴다면 얼마든지 비슷한 효과를 볼 수 있으리라.

하지만 특수한 무기나 아티팩트의 종류는 감지되지 않았다. 애초에 그런 걸 이용한 타격이었다면 아킬레스가 이렇게까지 놀라지도 않았을 것이다.

몇 번을 봐도 결론은 하나였다.

'맨몸으로 저런 타격을 먹이고 있다.'

이능력도 아니며 아티팩트도 아닌, 순수한 육체만으로 발하는 힘.

'숨겨둔 한 방이 있다는 거군.'

오스카리나나 네이트 같은 강화 인간이라는 걸까?

그게 아니면 모종의 실험을 받았을 수도 있다.

'어쩌면 육체 강화 이능력자일지도 모르고 말이지.'

사실 세 가지 중 가장 말이 안 되는 가능성이었다. 한 명의 인간은 단 하나의 이능력만 지니는 게 가능하기 때문이다. 그런 전제에 예외가 될 만한 자가 존재하기라도 한다면…….

'세상이 발칵 뒤집힐 일이겠지.'

8

푸확!

마지막 마수가 터져 나갔다. 얼굴까지 튀어 오른 체액은 염동력 배리어에 막혀 흘러내렸다. 호흡 하나 흐트러지지 않은 채로 몸을 돌리니 박수를 치는 아킬레스의 모습이 있었다.

"합격이오?"

"성격 한번 급하군."

고소를 머금은 아킬레스의 시선이 주변을 훑었다. B에서 D에 이르기까지, 다채로운 종류의 하급 마수의 사체가 즐비했다.

그리 위협적이라고는 할 수 없는 놈들. 하지만 이 정도 숫자라면 얘기가 조금 다르다.

무섭진 않아도 귀찮다고는 할 수 있다. 그런 놈들을 숨 한

번 돌리지 않고서 쓸어버렸다. 그것만 놓고 봐도 최상위권의 마수 사냥꾼임을 알 수 있는 부분.

"거기에 비장의 한 방까지 지니고 있다면 더할 나위가 없다는 거지."

"……."

아킬레스가 손을 내밀었다.

"축하하네. 자네는 내 흥미를 끄는 데 성공했어."

적시운은 물끄러미 그의 손바닥을 바라봤다. 적시운보다 머리 하나는 더 큰 체구에 걸맞게 손바닥 또한 솥뚜껑만 했다.

그렇다고 위축될 이유는 없었다. 정말 무서운 건 육체가 아닌 그 안에 존재하는 법이었으니.

적시운은 마주 손을 내밀어 악수했다. 돌연 아킬레스의 얼굴에 장난기가 스쳤다.

꾸우우욱.

손끝을 타고 흘러드는 압박. 나노 머신 덕분인지는 몰라도 과연 초인적인 악력이었다. 다만 상대가 안 좋을 뿐.

[멍청한 놈! 공자 앞에서 문자 쓰고 앉았군.]

코웃음을 친 천마가 적시운에게 눈을 흘겼다.

[설마 멍청히 서 있기만 하려는 건 아닐 테지? 여기서도 겁먹고서 물러나면 자네는 사내대장부도 아니네.]

'걱정 마셔. 여기서 빼봤자 저 작자도 좋아하지 않을 테니.'

[흠?]

'내 힘의 원천을 측량해 보자는 생각이겠지. 그렇다면 응해주는 게 예의 아니겠어?'

[흠.]

천마가 씩 웃는 가운데, 적시운 또한 손아귀에 힘을 주었다.

뿌득. 뿌드득.

"……!"

아킬레스의 낯빛이 돌변했다. 적시운과는 두 배 가까이 차이 나는 큼직한 손아귀가 새하얗게 질렸다.

딱히 전력을 다한 것도 아니었다. 가볍게 내공을 순환시키며 적당히 힘을 가한 수준. 다만 그 '적당히'의 기준이 타인과 다를 뿐이었다.

[얼굴 한번 우습군. 잘난 척하다 당황하는 모양새라니.]

천마가 고소하다는 듯 킥킥거렸다.

[아예 이참에 손뼈를 으스러뜨리지 그러나?]

'그래서야 곤란하지.'

적시운은 악력을 풀고서 손을 놓았다.

"으, 으음."

미묘한 침음을 흘리며 한 걸음 물러나는 아킬레스. 희미하게 드러나 있던 장난기는 완전히 자취를 감춘 뒤였다.

"한 방 먹었군. 인정해야겠어."

"사과하진 않겠소."

"사과라니, 당치도 않네. 시작한 쪽이 나인데 내가 사과를 받아서야 펜타그레이드의 체면이 서지 않지."

"어쨌든 거래가 성립된 것으로 봐도 되겠소?"

"물론이네."

아킬레스는 담담히 웃었다. 자존심이 상했을 법도 한데, 최소한 적시운이 느끼기엔 그런 태도가 조금도 느껴지지 않았다.

'그릇이 큰 사내라는 건가.'

천마가 마음에 들어 하지 않는 것도 약간은 이해가 됐다.

소위 말하는 대인의 풍모. 아킬레스가 풍기는 느낌이란 그런 것이었다.

'아킬레스의 모습에 백도무림인들이 비쳐 보였던 거겠지. 그래서 내내 툴툴거렸던 거고. 안 그래, 천마?'

[무슨 소리를 하는지 모르겠구먼.]

딱 잘라 시치미를 떼는 천마. 적시운은 피식 웃고 말았다.

아킬레스는 여전히 얼얼한 듯 연신 손등을 주물렀다.

"자네의 능력에 대해서 물어봐도 대답하지는 않을 것 같군. 안 그런가?"

"사정이 있어서."

"뭐, 좋네. 중요한 건 그게 도움이 되느냐 아니냐지, 능력의 정체 같은 게 아니니까. 지금으로선 그저 자네 정도의 능력자가 한편이 된 게 기쁠 따름일세."

"그 전에 약속부터 이행했으면 하오만."

"아, 그래."

사라졌던 장난기가 되돌아왔다. 빙긋 웃은 아킬레스가 적시운의 손을 붙들었다.

"이런 건 어떤가?"

우우웅!

고속 재생되는 화면을 보는 듯한 기분도 잠시, 적시운을 둘러싼 환경이 송두리째 바뀌었다.

구름 위의 허공이었다. 하늘색 공기와 검은색 우주의 경계마저 어렴풋이 보일 정도의 고도였다.

"……!"

적시운은 반사적으로 헛숨을 들이켰다. 족히 수십 ㎞는 됨직한 높이라는 것을 깨달은 까닭이었다.

빙긋 웃은 아킬레스가 슬그머니 손을 빼려 했다. 반사적으로 손을 붙들려던 적시운이 멈칫했다.

'날 골리려는 거군.'

역시 양반은 되지 못하는 모양. 내색은 안 해도 악력에서 밀렸다는 걸 마음에 두고 있는 듯했다.

적시운은 팔짱을 끼었다.

"별로 재미없는 장난이군."

아킬레스는 이번에도 놀란 기색이었다.

"담이 큰 건가, 아니면 선천적으로 겁이라는 걸 느끼지 못하는 건가?"

"염동술사를 허공에 올려놓아 봐야 무슨 의미가 있소?"

"……아."

일순 멍청한 표정을 짓는 아킬레스. 자기 머리를 주먹으로 한 대 때리고 싶어 하는 눈치였다.

"멍청한 짓을 했군. 순간 자네가 육체 강화 능력자일 거라고 착각을 했지 뭔가."

"나는 염동술사요."

"알고 있네. 자네가 염동력을 발휘하는 것도 직접 보았고. 그런데도 믿기지 않더군."

아킬레스가 재차 손을 내밀었다.

"사과를 받아주게. 이번엔 제대로 하지."

적시운은 그의 손을 맞잡았다.

팟!

또다시 순식간에 풍경이 바뀌었다. 다음 순간 적시운은 뺨을 때리는 찬바람에 흠칫했다.

만년설이 쌓여 있는 산 정상. 뉴 텍사스주의 황량한 벌판

과는 전혀 다른 풍경이었다.

"이곳은……."

"앨버트(Elbert) 산일세. 로키산맥의 최고봉이지."

폐부를 찢을 것 같은 찬 공기가 거세게 밀려들어 왔다. 그래도 기분은 나쁘지 않았다.

오랜만에 느끼는 청량감.

마수들이 대지를 짓밟게 된 지금도 해발고도 4천 m의 고산은 자연의 모습을 그대로 간직하고 있었다.

눈 깜빡할 사이에 수천 ㎞를 이동했다. 이 정도 능력이라면 필시 대해를 건너가는 것도 가능할 터였다.

'집으로…… 돌아갈 수 있다.'

마수들을 찢어발길 때도 약동하지 않던 심장이 미칠 듯이 쿵쾅거렸다. 마음 같아선 지금 당장에라도 바다 너머로 보내달라고 하고 싶었다. 협박을 하거나 굴복시켜 볼까 하는 생각까지 떠올랐다.

'만약 지금 상태로 맞붙는다면?'

적시운은 진지하게 고찰해 보았다. 암습을 비롯한 모든 수단을 동원해 아킬레스를 제압할 수만 있다면…….

"관두게."

아킬레스는 담담한 음성으로 말했다.

"자네가 무슨 생각을 하는지 알 수 있네. 머리 굴러가는 소리가 들릴 지경이거든."

"……."

"나는 자네가 마음에 들었어. 그렇기에 진심으로 부탁하지. 그러지 말게. 나를 쓰러뜨리거나 협박할 생각일랑 하지 말게나."

두 사내는 한동안 말없이 서로를 응시했다. 구름 사이로 빼꼼 고개를 내민 햇살이 두 인간을 비스듬히 비추었다.

"나는 집으로 돌아가야만 합니다."

"알고 있네. 말하지 않아도 자네의 태도로부터 절절히 느낄 수 있어."

"수천 ㎞를 단번에 도약하는 능력이라면…… 당신에겐 대해를 건너는 것도 어려운 일이 아닐 거요. 단 한 번. 나를 위해 단 한 번만 능력을 써주면 됩니다."

"알고 있네."

"해줄 수 있습니까?"

"거래를 먼저 제안했던 건 자네였지. 그리고 나는 그 제안을 받아들였네."

아킬레스는 엄숙한 얼굴로 말을 이었다.

"나를 위해 자네가 할 수 있는 걸 해주게. 그러면 자네를 대양 너머로 보내주지."

"다시 말해, 그 전에는 힘들다는 뜻이군. 무슨 일이 있어도.”

“거래란 본디 그런 법 아니던가?”

적시운은 무거운 숨을 토했다. 논리적으로 보자면 아킬레스의 말이 옳았다. 기브 앤 테이크는 모든 인간관계의 기본이니까.

단지 적시운 혼자 안달이 났을 따름이다. 최선의 경우는 역시 아킬레스의 조건을 받아들이는 것이었지만, 머리가 이해를 해도 심장이 따르질 않았다.

‘만약, 만약 저 사내를 지금 쓰러뜨릴 수 있다면…….’

쿠오오오……!

먼 방향에서 포효가 메아리쳤다. 그것이 마수의 울음소리라는 것쯤은 단번에 알 수 있었다.

“자네에게 경의를 표하는 뜻에서 나 또한 보여주겠네.”

아킬레스 프레스터가 적시운에게 등을 보였다.

“왜 내가 퀀텀 리퍼로 불리는지 말이야.”

“…….”

“일단은 지켜보게. 그 후에 판단을 내리는 것도 늦지는 않을 것일세.”

아킬레스가 성큼성큼 앞으로 나섰다. 그가 내려가는 방향, 협곡의 벽면이 쪼개지기 시작했다.

빠지직. 빠지지직!

산사태가 일어나는 가운데 쪼개진 석벽의 틈에서 나오는 것은 마스토돈. 매머드의 강화판이라 할 수 있는 대형 마수였다.

쿠오오오!

마스토돈의 포효가 눈보라에 뒤섞여선 휘몰아쳤다. 멀리 떨어져 있는 적시운의 피부가 저릿할 정도의 기세였다.

일반 마스토돈의 마수 랭크는 더블 B에서 트리플 B 사이.

눈앞에 나타난 놈의 체적을 보건대 최소 엘리트 레벨일 가능성이 높았다.

그렇다고 할 때의 전력은 대략 A랭크 언저리. 개인이 사냥하기엔 지나치게 위험한 놈이었다.

'하지만…….'

아킬레스의 뒷모습에선 약간의 긴장조차 느껴지지 않았다. 협곡이 무너지고 산사태가 쏟아지며 눈보라가 몰아치는 가운데, 묵묵히 걸어가는 그의 모습은 신화적이기까지 했다.

"지켜보게."

아킬레스의 음성이 바로 옆에서 울렸다.

적시운이 움찔하는 가운데, 그를 발견한 마스토돈이 바닥을 박차며 돌진했다.

아킬레스는 정면을 향해 손을 뻗었다.

“처음 뵙겠습니다, 네이트 브락시온입니다.”

“조로아스터 안젤모요.”

조로아스터가 의자 쪽으로 손을 뻗었다. 네이트는 희미한 미소를 짓고서 자리에 앉았다.

“상당히 분주하신 모양이던데, 이렇게 연락까지 해주셔서 송구스럽기 짝이 없군.”

곳곳에 가시가 돋아나 있는 인사말. 어지간히 신경이 굵은 사람이라도 거슬릴 법한데, 네이트의 미소는 조금도 흐트러지지 않았다.

“그 점에 대해선 심심한 사과의 말씀을 드립니다.”

“무슨 말씀이신지 모르겠군.”

“제가 의욕만 앞서서 뒷일을 생각하지 못했습니다. 저희의 스카우트 플랜으로 인해 시타델 측에선 충분히 화가 날 법한 상황이겠지요.”

“사표를 쓴 건 개개인의 의사이니, 우리가 화를 내봐야 무슨 의미가 있겠소?”

“저희가 세심하지 못했기에 생겨난 일입니다. 거듭 사과드립니다.”

깔끔하고 정중하면서도 비굴하지는 않은 사과. 어지간한

냉혈한이라도 마음이 누그러지지 않을 수 없을 수준이었다.

그러나 조로아스터는 어지간한 인물이 아니었다. 최소한 그 자신은 그렇게 생각했고, 때문에 네이트의 사과에도 표정을 풀지 않았다.

"마음에도 없는 이야기는 됐고, 나를 만나고자 한 이유나 들어봤으면 하오만."

"예."

담담히 화제 전환에 응하는 네이트. 덕분에 조로아스터로서는 거듭 배알이 뒤틀렸다.

'건방진 새끼.'

입속으로만 중얼거리는 조로아스터.

그 속내를 아는지 모르는지, 네이트는 여전히 웃는 낯으로 말을 이어갔다.

"아킬레스 님께서 오스카리나 백작님과 대담을 나누셨고, 두 분께서 황혼의 순례자 척결을 위해 뜻을 모으셨다고 들었습니다."

"……."

"그에 따른 부수적인 파트들을 조율하기 위해 제가 찾아온 겁니다. 서로가 절충하거나 양보할 수 있는 부분이 있을 테니까요."

9

절충과 양보.

그 말을 듣는 순간 조로아스터는 손에 들린 물잔을 확 던져 버리고 싶었다.

'이 개자식은 그저 내 속을 뒤집어 놓으려고 찾아온 게 아닐까?'

S급 마수 황혼의 순례자가 블랙 라이트 해안에 상륙했다. 자칫 뉴 텍사스주 전체가 붕괴될 수도 있는 위기 상황. 그렇기에 아킬레스 프레스터와 그의 수족인 데이브레이크가 왔다.

상황 자체만 놓고 보자면 백번 고마워할 일이다. 감히 아무도 대적하지 못할 대재앙에 맞서 분연히 일어선 강자라니. 그 얼마나 숭고하고 경이로운 일인가 말이다.

하지만 그것은 그것이고 이것은 이것.

애초에 아킬레스와 그의 무리는 무료 봉사를 하러 온 게 아니었다. 그저 복수의 대상이 이 근처에 있기에 온 것일 뿐. 게다가 이쪽의 인재마저 속속들이 빼내어 간다면 도저히 고맙다고 굽실거릴 수가 없는 것이다.

"우리 측에서 양보할 수 있는 것은 최대한 양보하고 있다고 보오만."

조로아스터의 어조는 얼음장처럼 차가웠다. 네이트쯤 되는 이가 그 속뜻을 깨닫지 못할 리 없었다. 그런데도 그는 의뭉스러운 미소만 지을 따름이었다.

"예, 물론 그렇겠지요. 다만 사무국장님께서도 신경을 쏟지 못한 부분이 있을 수 있지 않겠습니까?"

"그런 부분이 있다면 말씀해 주시면 감사하겠군. 서로 시간 낭비할 부분이 줄어들 테고 말이오."

"그럴 줄 알고 제가 미리 절충안을 작성해 왔습니다."

조로아스터의 눈썹이 꿈틀댔다.

"절충안이라니? 무엇에 대한 절충안 말이오?"

"토벌한 마수로부터 얻는 수익의 분배 비율, 소요 자금의 지불 비중, 그 외 몇 가지 요소에 대한 절충안입니다."

조로아스터는 네이트가 내미는 서류를 받아 들었다.

"……."

각 마수에 대한 수입 배분치가 등급 및 종류별로 나누어져 있는 것은 물론, 탄환이나 전투 식량 같은 물자에 대한 지불 비용 부담량이 자세히 기재되어 있었다.

'제법…… 이라고 한다면 우스운 표현이겠지.'

조로아스터는 새삼스러운 눈으로 네이트를 응시했다.

그가 모시는 오스카리나 백작과 동일한 신인류 프로젝트의 유산. 이 정도 서류를 작성하는 것쯤은 일도 아닐 터였다.

덕분에 쓸데없는 시간 낭비를 줄이게 됐다는 점은 인정할 수 밖에 없었다.

"저희 측의 스카우트 활동으로 인해 언짢으시리라는 점은 이해합니다. 다만 한 가지만은 오해하지 말아주셨으면 합니다."

"오해라, 무엇에 대해서 말이오?"

"데이브레이크가 인재를 모으는 것은 어디까지나 대의를 위한 것. 사사로운 이해타산의 결과가 아닙니다."

"대의가 아니라 복수라고 표현해야 옳다고 보오만."

"황혼의 순례자의 숨통을 끊는 것이 복수이며 그것은 당연하게도 대의입니다. S급 마수 하나의 죽음은 수만 제국 신민의 목숨을 구하는 것이니까요."

틀린 말은 아니었다. 하지만 그렇다고 마냥 쌍수를 들고 고마워할 수도 없었다.

"그 말은 결국, 앞으로도 우리 측 인재들을 빼 가는 걸 멈추지 않겠다는 뜻이군."

"부디 양해를 바라겠습니다."

"야심이 대단한 청년이로군."

네이트가 조로아스터를 물끄러미 바라봤다. 설명을 요구하는 시선에 조로아스터는 조소를 머금었다.

"그렇지 않느냔 말이오. 아마도 아킬레스의 목표는 어디까지나 순례자의 죽음, 그 하나일 터. 하지만 귀하는 그 이후의 일까지 생각하고 있잖소. 그렇지 않다면 이곳에서까지 인재 모집에 열을 올릴 이유는 없겠지."

"데이브레이크는 단순히 순례자 하나만 잡자고 만들어진 집단이 아니니까요."

"아킬레스 프레스터의 생각도 그러할지는 의문이군."

"……."

"사냥감을 잃은 사냥꾼은 더 이상 사냥꾼이 아니지. 주변에서 아무리 바람을 불어넣고 부추긴다 해도 말이오."

내내 여유롭던 네이트의 얼굴이 처음으로 경직됐다. 조로아스터는 약간의 통쾌함을 느꼈다.

"뭐, 내 추측일 뿐이니 너무 진지하게 받아들이진 마시오. 아무렴 아킬레스 프레스터 공 같은 영웅께서 그러시기야 하겠소?"

"……."

"어쨌든 귀측의 절충안은 꼼꼼히 살펴본 후 답변해 드리겠소."

"알겠습니다."

네이트가 자리에서 일어섰다. 하지만 바로 자리를 떠나진 않았다.

"앞서도 말씀드렸습니다만, 저는 되도록 사무국장님과 우호적인 관계를 유지하고 싶습니다. 저희 데이브레이크의 도움이 필요하다면 언제든 말씀하시길."

조로아스터는 대꾸하지 않으려 했다. 하지만 그럴 수가 없었다. 일손이 아쉬운 쪽은 다름 아닌 그였기 때문이다.

"사냥 의뢰라면 어떻겠소?"

"……?"

의아한 얼굴로 돌아보는 네이트. 조로아스터는 잠시 침묵하다가 운을 뗐다.

"데이브레이크는 마수 사냥을 위해 만들어진 군단이지. 하지만 때로는 마수보다도 위험하고 악독한 인간도 존재하는 법이오."

"무슨 말씀인지 알 것 같군요. 암살 의뢰입니까?"

"글쎄. 암살이란 표현은 좀 어폐가 있는 것 같군. 굳이 몰래 죽이지 않아도 되는 상대이니."

"여럿이 아닌 하나인 모양이군요."

"그렇소. 단 한 명의 인간이오."

네이트가 다시 자리에 앉았다. 조로아스터는 지금까지와 다른 진중한 표정으로 말을 이었다.

"놈을 죽여주기만 한다면 우리 쪽 인재를 얼마나 빼 가든 관여하지 않겠소."

"파격적이다 못해 허황된 조건이군요. 저희가 시타델의

인재 대부분을 빼 간다면 어쩌실 생각입니까?"

"놈에 의해 시타델이 패망하는 것보다는 낫겠지."

"……."

네이트는 내심 의아함을 느꼈다.

'지금 바깥에서 언제 순례자가 움직일지 모르는 마당인데 기껏해야 인간 하나를 죽이는 데에 이렇게까지 열을 올린단 말인가?'

고작 하나의 인간이 시타델을 패망으로 이끌지 모른다는 말도 어처구니없었다. 차라리 황혼의 순례자가 그런다면 모를까 어찌 인간 하나가 도시를 무너뜨릴 수 있단 말인가.

'펜타그레이드라도 되지 않는 바에야…….'

설마 아킬레스를 암살해 달라는 말인가 싶을 정도.

그래도 네이트는 속내를 내색하지 않았다. 어찌 됐든 조로아스터의 신뢰를 살 수 있다면 좋은 일이었기에.

"놈을 제거해 줄 수 있겠소?"

조로아스터가 물었다. 일말의 장난기도 없는 어조였다.

"일단은……."

네이트는 침착하게 대꾸했다.

"그자에 대해 말씀해 보시지요."

텔레포트(Teleport), 즉 공간전이 능력은 디스토션(Distortion), 즉 공간 왜곡 능력과 밀접한 관계에 있다.

질량을 지닌 물체를 다른 곳으로 전이시키는 과정에서 필연적으로 해당 위치에 공간 왜곡이 일어나게 되는 까닭이다. 그 탓에 하급 텔레포터들은 이따금 어처구니없는 죽음을 맞기도 한다. 예컨대 바위 한가운데로 전송되어 질식하거나 육체의 일부만이 전송됨으로써 몸이 찢기거나 하는 식.

때문에 텔레포터 중에는 신경질적인 성격이 많다. 여타 이능력의 몇 배는 되는 세심한 컨트롤을 해야 하는 까닭이다. 자칫하면 죽을 수도 있다는 공포는 덤. 신경이 쇠심줄 같은 사람조차 예민해질 수밖에 없다.

그런 관점에서 봤을 때, 아킬레스는 실로 희귀한 경우라 할 수 있었다. 일반적인 텔레포터와 달리 배포가 크고 여유가 있는 성격이었으니 말이다.

하지만 달리 생각해 보면 그럴 만도 했다.

그는 정점의 능력을 선천적으로 타고난 존재. 열등한 자들이나 할 법한 실수와는 태생적으로 거리가 먼 것이다.

"……."

전사의 포효나 적을 향한 죽음의 선고 같은 것은 없었다.

아킬레스는 그저 마스토돈의 거체를 향하여 손을 뻗었고 능력을 발현했을 따름이었다.

그 순간 적시운은 알 수 있었다. 마스토돈의 내부가 문자 그대로 뒤죽박죽이 되었음을.

왼쪽 뒷다리의 대퇴골이 오른쪽 어깨를 뚫고 튀어나왔다. 두개골은 반으로 쪼개져 양 앞발의 발등에 겹쳐졌다. 그 결과 발등이 크게 부풀어 가죽이 찢겼다.

근육이 있어야 할 곳에 내장이.

내장이 있어야 할 곳은 뼈가.

뼈가 있어야 할 곳엔 신경 다발이.

신경이 있어야 할 곳엔 근섬유가.

한순간에 '텔레포트'가 이루어진 것이다.

'그래서 퀀텀 리퍼인 건가.'

양자(量子)란 곧 최소 단위의 물리량.

수치로 표시 가능한 가장 작은 개념을 가리키는 단어였다. 그런 면에서 봤을 때 퀀텀 리퍼라는 별칭은 사실 과장된 감이 없지 않았다. 하지만 아킬레스의 능력을 가장 잘 나타내는 표현인 것만은 분명했다.

마스토돈은 이미 체내 구성물이 재배치된 순간에 숨통이 끊어졌다. 삽시간에 사체가 되어버린 마수의 몸뚱이가 뒤늦게 기우뚱 엎어졌다.

쿠궁.

거짓말처럼 눈보라가 멎었다.

'그저 우연히 타이밍이 맞아떨어진 것이겠지만…….'

쓰러진 마수를 뒤로한 채 눈보라까지 잠재우고서 돌아서는 아킬레스의 모습. 적시운은 자기도 모르게 압도되는 기분이었다.

"……."

침묵하고 있는 적시운을 본 아킬레스가 빙긋 미소를 머금었다.

"슬슬 돌아가야 할 것 같군. 안 그런가?"

적시운은 생각했다. 지금 저 사내를 굴복시켜서 집으로 돌아가게끔 협박하는 게 가능할 것인가.

'역시 어렵겠지.'

예전과는 비교하지도 못할 만큼 강해진 적시운이었다. 그러나 그게 곧 전지전능함을 뜻하진 않았다. 매카시나 그 외의 마수 및 인간들, 그들 모두를 한데 가져다 놓는다고 해도 저 사내를 당해낼 순 없을 것이다.

그것은 적시운 또한 마찬가지였다. 아마도 아킬레스가 마음을 먹는 순간이 곧 적시운의 최후가 될 터. S랭크의 공간도약 능력을 저지하지 못하는 한, 그를 상대로 승산은 없었다. 그래도 그 사실에 굴욕감이 들지는 않았다. 승산이 없다는 것도 결국은 지금 당장의 얘기일 뿐이었으니. 지금 그렇다고 해서 앞으로도 그래야 한다는 법은 없는 것이다.

'방어를 위한 무공 같은 거, 천마신공에도 물론 존재하겠지?'

[물론일세.]

적시운의 질문에 즉각 대답하는 천마. 그 또한 아킬레스의 힘에 적잖이 긴장한 모양이었다.

[제법 신기한 술법이긴 하군. 그래 봐야 결국엔 잡술에 불과하지만 말이야.]

'당신이 그렇게 말할 정도면 확실히 대단하긴 한 모양이네.'

[그게 무슨 소린가?]

'정말 형편없는 잡술이었다면 그렇게 일부러 깎아내리려 들지도 않았을 것 아냐?'

[…….]

'어쨌든…….'

당장은 아킬레스와 공동전선을 펴게 됐으나 사람 일이란 한 치 앞도 모르는 법이었다. 만약을 대비해서라도 그의 능력에 저항할 방도를 찾을 필요가 있었다.

'최선의 경우는 나도 S랭크의 영역에 드는 것이겠지.'

동급 이능력자 간의 힘은 서로 상쇄될 수 있다. 이능력이

기존의 물리법칙을 완전히 무시하는 힘이기에 가능한 일이었다.

전류가 흐르는 금속에 기름을 붓고 불을 붙인다면?

불은 불대로 타오르고 전기는 전기대로 흐른다. 두 물리적 요소가 완전히 별개이기 때문이다.

반면 이능력자의 뇌전과 화염은 상쇄된다. 자연적으로 발생한 전기와 불이 아니라 이능력으로 이루어진 것이기 때문이다. 결국 적시운이 S랭크에 오른다면 염동력으로 아킬레스의 공간 전이 능력을 상쇄하는 게 가능할 터였다.

'하지만…….'

랭크 업은 결코 쉬운 일이 아니다. 천마신공의 영향을 받아 성장 속도가 빨라진 적시운이라 해도 예외는 아니었다.

당장 더블 B랭크에서 트리플 B랭크로 올라서는 데에만 상당한 시간이 걸렸다.

이 세계로 돌아온 이후만을 놓고 보더라도 수개월.

더군다나 상위 랭크로 오를수록 랭크 업에 걸리는 시간이 길어지리란 점은 의심의 여지가 없었다.

그래도 어쩔 수 없는 일.

지금 머리를 굴려본다 한들 다른 수가 나오는 것도 아니었다.

'천마신공 속성 코스 같은 건 없으려나.'

[…….]

'농담이야. 하여간 이래저래 앞으로 바빠지겠어.'

역시 아킬레스와 맞붙는 건 수지타산이 맞지 않았다.

은근히 피어나는 호승심을 부정할 생각은 없었지만 그보다는 집으로 돌아가는 것이 더 중요했다.

결국 최선은 그와 거래를 하는 것.

그리고 적시운은 지금까지도 아킬레스 측의 조건을 듣지 못했다.

"요점만 간단히 합시다. 내가 당신을 위해서 무얼 해주면 되겠소?"

적시운의 질문에 아킬레스는 피식 웃었다.

"거래 성립인 건가?"

"물론. 오히려 내 쪽에서 바짓가랑이에라도 매달리고 싶을 정도요."

"재미있는 표현이군. 하긴 자네의 소원을 들어주는 것은 나로서도 부담되는 일이긴 하지."

황제의 칙명, 제국의 쇄국령에 정면으로 반하는 행위. 그 사안의 중차대함을 모를 적시운이 아니었다.

"그러니 부려먹을 수 있을 때 최대한 부려먹으시오. 그래야 나도 마음이 편할 것 같으니."

"흠, 좋네."

잠시 뜸을 들인 아킬레스가 운을 뗐다. 사실 적시운도 어느 정도는 예상하고 있는 바였다. 앞서 작센에게서 들은 이야기가 있었기 때문이다.

"황혼의 순례자에 대해선 알고 있을 테지?"

적시운은 고개를 끄덕였다.

"나의 목적은 놈의 숨통을 끊는 것일세. 이 손으로 직접. 놈의 근섬유와 신경 다발이 찢기는 느낌을 생생히 느끼는 것 말이야."

"듣자 하니 무척이나 거대한 거북이라던데."

"굳이 형태를 비유하자면 그렇다고 볼 수 있겠지. 하지만 놈의 진정한 힘은 육체에만 국한된 게 아닐세."

마스터 브레인의 경우에서도 알 수 있듯, 고위 마수 중엔 이능력에 버금가는 특수 능력을 지닌 개체도 많았다. 아마 황혼의 순례자 또한 그러할 터였다.

"어쩌면."

아킬레스는 남쪽 하늘로 시선을 옮겼다.

"이미 놈이 움직이기 시작했을지도 모르지."

그의 추측은 정확했다.

이틀 후 데이브레이크의 척후조가 이상 현상을 관측했다.

블랙 라이트 해안을 보금자리로 삼던 마수들이 이동하기 시작한 것이다.

최약체가 싱글 B랭크. 평균 랭크가 트리플 B에 이르는 무시무시한 집단의 진군이었다.

때마침 케르베로스 길드를 비롯한 3개의 거대 길드가 에메랄드 시타델에 입성했다. 각 길드원의 숫자를 합치면 300명에 이르는 어마어마한 규모였다.

북미 제국 동남부 최상위권의 마수 사냥꾼 300명이 모인 셈. 이 정도면 어지간한 마수 군단쯤은 쓸어버리고도 남을 수준이었다.

더불어 시타델 정부는 주변 도시로부터 기간틱 아머를 대량 구매했다. 시타델에 있는 개체만으로는 수량이 부족하다고 느꼈기 때문이다.

덕분에 재정에 구멍이 생겨난 상황. 하지만 오스카리나 백작은 일말의 주저 없이 돈을 퍼부었다. 어차피 마수들에게 유린당하고 나면 억만금을 가지고 있다 한들 의미 없는 일이었기에.

"마수 군단의 숫자는 대략 200여 마리. 가장 많은 수를 차지하는 건 더블 B랭크의 플라티나 크랩이라더군."

그렉의 설명 뒤로 적막이 감돌았다. 갑각의 방어도가 백금

(Platinum)에 버금간다고 하여 붙여진 이름이 플라티나 크랩(Platina crab). 어지간한 대전차 병기로도 손상을 주기 어려운 마수였다.

그나마 토 나오는 방어력에 비해 공격력이 낮다는 게 약점이지만, 달리 말하면 그 방어력만으로 더블 B라는 등급을 얻어냈다는 뜻이기도 했다.

"그 외에도 어보미네이션(Abomination)이나 펄 골렘(Pearl Golem) 같은 마수가 즐비하다더군."

"두 개체 모두 A랭크 마수잖아."

"그래, 하나같이 그레이트 샌드웜에 버금가는 놈들이지."

방 안의 정적이 한층 깊어졌다. 샌드웜 한 마리를 처치하는 데에 제3공격대 인원 중 절반이 동원됐다. 물론 사냥 자체는 별 탈 없이 성공적으로 마치기는 했지만 그것은 어디까지나 샌드웜이 하나뿐이었기에 가능한 결과였다. 동급의 개체가 수 마리에서 수십 마리까지 몰려오는 상황이라면 얘기가 전혀 달라지는 것이다.

"그래도 희망이 아주 없지는 않네요. 200마리면 생각보단 적은 숫자 아닌가요?"

아티샤의 말에 그렉은 어깨를 으쓱했다.

"듣자 하니 그건 선발대에 불과한 모양이더군."

"선발대요?"

"그래, 데이브레이크 측 설명에 따르면 블랙 라이트 해안에 거주하는 마수의 숫자만 최소 3천 마리 이상이라더군."

"……."

세 길드의 주력 병력의 10배. 데이브레이크 및 기타 사냥꾼들을 포함하더라도 최소 5배 이상의 차이가 났다. 게다가 이것들은 어디까지나 잔챙이일 뿐. 진정한 사냥 목표인 순례자의 전투력은 어느 정도일지 감도 잡히지 않았다.

"한데 그 정보도 루스칸한테서 얻은 거야?"

밀리아의 질문. 그렉은 선선히 고개를 저었다.

"아니, 자주 들르는 커뮤니티 사이트에서 얻었다."

"커뮤니티 사이트?"

"그래, 마수 헌터 간의 정보 교류를 위해 만들어진 곳이다."

"헤에, 별일도 다 있네. 네가 다른 사람과 교류라는 걸 하다니."

"너처럼 생각 없이 멍청히 있을 수만은 없으니까."

"누, 누가 생각 없이 멍청히 있다는 거야?"

"너."

밀리아의 입술이 비죽 튀어나왔다. 그래도 예전처럼 고래고래 소리치며 날뛰진 않았다. 아무래도 눈치가 보였던 까닭이다.

그녀를 얌전한 고양이로 만들어버린 존재는 팔짱을 낀 채 침묵 중이었다.

"역시, 우리 또한 저들에게 합류하는 편이 낫지 않겠습니까?"

올리버의 의견은 그를 향한 것이었다. 말없이 대화를 경청하고만 있는, 그럼에도 최종 결정권을 지니고 있는 사내.

그 사내, 적시운은 나직이 운을 뗐다.

"원한다면 그렇게 해. 능력 뛰어난 웨어비스트라면 어느 길드가 되었든 퇴짜 놓지는 않을 테지. 아니면 특무부로 돌아가도 될 테고. 아마 보복 같은 것은 없을 거다."

"저는 적시운 님의 뜻을 따를 겁니다."

"내가 너희와 헤어지겠다면?"

"그, 그건……."

올리버가 바로 대꾸하지 못하고 주춤했다.

"그럴 생각이야?"

역시나 침묵하고 있던 헨리에타가 반문했다. 불안한 시선들이 적시운의 미간에 꽂혔다.

"사실 거래를 하나 했어."

"거래라니?"

"말 그대로. 단순하고 간단한 거래야. 한 사내를 돕는다. 그 사내는 내가 바라는 것을 제공한다. 그런 거지."

"그 사내가 누군데?"

"아킬레스 프레스터."

"……!"

묵직한 충격이 방 안을 휘돌았다. 밀리아가 반쯤 갈라진 목소리로 소리쳤다.

"데이브레이크에게서 스카우트 제의를 받으셨군요!"

"스카우트와는 달라. 집단이 아닌 아킬레스 개인과 나 사이의 거래니까."

대략적인 설명이 이어졌다. 모두가 얼떨떨한 가운데 헨리에타만이 모든 걸 이해하고서 고개를 끄덕였다.

"하긴 그 남자의 능력이라면 당신이 바라는 걸 이루어줄 수 있겠지."

"응."

"정말 다행이야. 축하해."

어째 형식적인 느낌의 축하. 그녀가 뭔가를 꺼려 한다는 느낌이 들었지만 적시운은 내색하지 않았다.

"아직 축하받기엔 일러. 약속이 이행되지 않을 가능성도 있고, 무엇보다도 우선 그 순례자란 놈부터 해치워야 하니까."

"그러게요."

살짝 상기됐던 분위기가 다시 가라앉았다. 역시 현실의 무게란 쉽게 감당할 수 있는 게 아니었다.

"그렇다면 말인데."

헨리에타가 신중한 태도로 입을 열었다.

"이참에 당신만의 길드를 창설하는 게 어때?"

"나만의 길드?"

"응, 아무래도 그편이 아킬레스와의 거래에 유리하게 작용하지 않겠어? 상호 간에 협조를 주고받기에도 용이할 테고."

"흠."

"게다가 이젠 오스카 백작도 반쯤은 당신 수하가 된 거잖아. 개인으로서 시타델의 지원을 받는 것보단 길드 단위로 지원받는 편이 여러모로 편할 거야."

확실히 틀리지 않은 얘기였다. 달콤하게 들리는 것과 달리 현실적인 문제가 여럿 존재하긴 했지만.

"한데 우리는 기껏해야 6명이잖아. 이 정도 숫자로 길드를 창설한다는 건 어불성설 같은데."

그렇다고 아무나 받아들이기도 껄끄러운 일. 게다가 단순 전투 인원뿐 아니라, 이런저런 뒷바라지를 해줄 사무 인원 또한 필요했다.

헨리에타의 입가에 희미한 미소가 맺혔다.

"가까운 곳에 답이 있잖아. 쓸 만한 인력을 충당할 수 있고 당신을 배신하지도 않을."

"오스카리나 말이야? 하지만 시타델 정부도 인력이 부족할 텐데."

"그 대척점을 떠올려 봐."

대척점.

시타델 지방 정부와 정 반대편에 위치한 자들.

적시운은 단번에 모든 걸 이해했다.

"그러니까……."

클라리스는 쓴웃음을 지었다.

"저희를 산하 병력으로 들이겠다는 말씀이군요."

"그래."

적시운은 고개를 끄덕였다.

"레지스탕스의 숫자는 인원수 채우기에 적합하지. 작센이라는 훌륭한 자원 충당 루트도 딸려 있고. 무엇보다도 네가 있지. 해킹을 비롯해 정보 수집 및 분석에 특화된 인재가 말이야."

"높이 평가해 주시는 건 감사하지만…… 저희를 받아들이면 시타델이, 오스카 백작이 가만히 있지 않을 텐데요?"

"내가 처리할 수 있어."

딱 잘라 말하는 적시운.

클라리스는 작게 심호흡을 했다.

"당신께서 그렇게 말씀하신다는 건 정말 확신이 있기 때문이겠죠.”

“그래.”

짤막히 대꾸한 적시운이 바로 덧붙였다.

“하층민 전원을 수용하게끔 만드는 건 힘들겠지만 그중 다수를 포용하게끔 오스카리나를 설득할 수는 있을 거다.”

클라리스의 눈매가 가늘어졌다.

“그녀를 만나보셨군요.”

“그래.”

구태여 숨길 필요는 없는 일. 적시운은 솔직하게 대답했다. 클라리스 또한 자신이 적시운에게 뭐라 할 입장이 아니란 것쯤은 잘 알고 있었다.

“당신이 그녀와 화친하더라도 제가 뭐라 할 수는 없겠죠. 어디까지나 가장 중요한 건 당신의 의사일 테니까요.”

“내 제안을 받아들이겠어?”

클라리스는 물끄러미 적시운을 응시했다. 감청색이 감도는 눈동자가 선명하게 빛났다.

“저희를 지원해 주시겠다고 약속하신다면요.”

“말했지만 나는 너희를…….”

“하층민 전원에게 시민권을 달라는 요구 같은 건 하지 않겠어요. 다만 그들에게 최소한의 생존을 위한 지원만 해줄 수 있다면 그걸로도 좋아요.”

"오스카리나에게 얘기해서 지원을 얻어내지."

"감사해요, 적시운 님."

클라리스는 만족한 듯 눈을 내리깔았다.

"앞으로 최선을 다해 당신을 돕겠어요."

제19장
천마신교

1

클라리스를 비롯한 레지스탕스의 잔당을 받아들임으로써 어느 정도 길드의 구색을 갖추게 되었다. 기실 하수처리장 전투에 참가했던 레지스탕스는 전멸했기에 남은 이들은 적시운에 대해 잘 몰랐다.

그저 클라리스가 적시운을 따르기에 타성적으로 따르는 것이었다. 그 점은 크게 문제가 되지 않았다. 적시운의 입장에선 결국 말 잘 듣고 일만 잘하면 그만이었으니까.

여하간 레지스탕스를 지원 병력으로 돌리기로 했다. 그들은 앞으로 물자 운송 및 병참 구축 등의 역할을 맡게 될 것이었다.

"그렇다면 이제 남은 문제는 하나뿐이려나."

모든 길드의 핵심, 전투 요원. 현재 적시운을 제외하면 모두 5명. 밀리아, 아티샤, 그렉, 올리버, 그리고 헨리에타였다.

각기 한가락 하는 실력자들이긴 했으나 가만히 보자면 공격대는커녕 파티 하나 구성하기 힘든 조합이었다.

"역시 서포터가 그렉 한 명이다 보니……."

"탱커만 두 명인 것도 좀 그렇죠? 밀리아와 올리버 씨, 둘 중 한 분만 메인 탱커로 두고 다른 분은 딜러로 돌리는 게 맞을 거예요."

"객관적으로 따져 봤을 때 올리버가 메인 탱커를 맡는 게 최선이다."

"잠깐! 듣자 듣자 하니 정말 너무하네! 누가 너희들 마음대로 탱커 정하래?"

"그럼 다수결로 하지. 이의 없겠지?"

"저는 좋아요. 올리버 씨에게 한 표."

"나 또한 올리버다. 헨리에타?"

"어? 나, 나도 해야 돼?"

"일단은 하는 게 낫겠지. 사실 무의미하긴 하다. 이미 세 표 중 두 표가 올리버에게 갔으니."

"잠깐! 내 표는?"

"너는 당사자잖나, 밀리아. 게다가 네가 끼어봐야 올리버 본인의 표까지 하면 이미 과반수다."

"저 고릴라가 나를 밀어줄지도 모르는 거잖아!"

"……밀리아에게 메인 탱커를 맡기고 싶나, 올리버?"

"아니."

"야, 고릴라! 당신까지 이러기야?"

개판 오 분 전의 상황.

묵묵히 대화를 지켜보던 적시운이 운을 뗐다.

"너희들의 문제는 파티 조합이나 탱커 숫자 같은 게 아냐."

움찔한 다섯 사람이 적시운을 돌아봤다. 그 와중에 밀리아는 우군을 만난 듯한 얼굴이었다.

"역시 그렇죠, 시운 님? 고릴라가 탱커를 맡으면 안 되는 거죠?"

"넌 내 얘길 듣기나 한 거냐?"

"시운 님이 제 편이라는 것만은 알아요."

"……."

"어, 어쨌든 우리들의 진짜 문제가 뭔데?"

헨리에타의 물음에 적시운은 진지한 태도로 대답했다.

"약하다는 것."

"……."

말없이 고개를 숙이는 다섯 사람. 겉모습만 봐도 풀이 팍 죽었다는 걸 알 수 있었다.

적시운은 내심 이게 아닌데 싶어서 뺨을 긁적였다.

'좀 적당히 돌려 말할 걸 그랬나?'

[아니, 잘했네. 이 정도에 꺾일 의지라면 아예 시작부터 하지 않는 편이 낫지.]

그럴지도.

속으로 중얼거린 적시운이 본론을 꺼냈다.

"그래서, 너희를 단련시킬 생각이야."

숙였던 고개들이 슬쩍 들렸다. 헨리에타가 대표 격으로 반문했다.

"단련?"

"그래."

적시운은 소음기가 달린 권총을 꺼내어 벽을 향해 쐈다. 탄환은 벽을 살짝 파고드는 선에서 그쳤다. 모두가 의아해하는 가운데 적시운은 탄환에 내공을 실었다.

파각!

쾅!

방아쇠를 당김과 동시에 권총의 공이가 부서져선 튀어 올랐다. 그리고 탄환이 틀어박힌 벽은 포탄에라도 맞은 것처럼 터져 나갔다.

"……!"

모두의 시선이 부서진 벽과 권총을 오갔다. 침묵이 감도는 가운데 아티샤가 멍하니 중얼거렸다.

"염동력……?"

"아냐."

"그럼 마법인가요?"

"그것도 아니지만 비슷하다고 해두지."

내공에 대해 설명하는 것보단 마법에 비유하는 편이 나을 것이다.

적시운은 부서진 권총을 대강 내던지고는 설명했다.

"평범한 인간이라도 노력 여하에 따라 펼칠 수 있는 능력이야."

"이능력과는 다르다는 거야?"

헨리에타의 질문에 적시운은 고개를 끄덕였다.

"나와 맞붙어 본 사람은 알 테지. 염동력으로는 설명하기 힘든 무언가가 있다는걸."

올리버와 밀리아가 약속이라도 한 듯 고개를 주억거렸다.

"그건…… 우리도 당신만큼 강해질 수 있다는 뜻?"

"나만큼은 무리지만 보통 인간의 관점에서 보자면 충분히 초인 취급받을 정도로 강해질 순 있지. 어지간한 마수쯤은 맨손으로도 때려잡을 수 있을 정도로."

"어, 그럼 저희의 경우는 어떻죠?"

"육체 강화계라면 더 좋아. 말했다시피 이 힘은 이능력과는 완전히 별개니까. 아마 너희 랭크를 넘어서는 힘을 발휘할 수 있을 거다."

단언하듯 말한 적시운이 나직이 덧붙였다.

"실제로 확인해 보진 않았지만."

"예상이 그렇다는 말씀이군요."

"그래, 올리버. 별로 끌리지 않는다면 손 떼도 좋아. 나도 강요하고 싶은 생각은 없으니."

"그 반대입니다. 부디 단련시켜 줬으면 합니다."

"다른 사람들은?"

아티샤와 밀리아, 그렉 또한 동의를 표했다. 다만 헨리에타는 약간 주저하는 눈치였다.

"우리 때문에 괜히 시간을 뺏기는 것 아냐? 당신도 당신 나름대로 해야 할 일이 있을 텐데."

"별문제는 없어. 어차피 나도 짬 날 때마다 조금씩 가르칠 거라서. 사실 무공을 가르친다고 해서 너희가 당장 눈에 띄게 강해지지도 않을 테고."

"체감하려면 어느 정도의 시간이 필요할까?"

"수개월, 혹은 수년이 될지도 모르지. 사실 이것도 상당 부분 재능과 체질의 영향을 받는지라."

수개월이 아득히 긴 시간은 결코 아니었다. 랭크 업을 하는 데 수년에서 수십 년, 혹은 평생을 기약해야 하는 이능력에 비하면 무척 빠른 편이었다.

“어쨌든 모두 동의한 걸로 알겠어.”

“네!”

어린애처럼 신이 난 밀리아가 소리쳤다.

우선은 체질 확인이었다.

천마신공을 전수하는 것은 사실상 불가능한 일. 적시운이 전수받을 수 있었던 것도 천마의 목숨이란 제물이 있었기에 가능했던 일이었다.

다행히 천마의 기억 속엔 천마신공 이외에도 여러 무공에 대한 정보가 각인되어 있었다. 그중 각각의 체질과 맞는 무공을 찾아내어 전수하면 될 터였다.

‘그 전에 기틀부터 잡아야겠지만.’

적시운은 다섯 명 모두에게 기초 체력 단련을 주문했다.

“방식을 내가 정하진 않을게. 각자 자기에게 맞는 운동법을 하나씩은 가지고 있을 테니까. 어쨌든 기초 체력을 충분히 길러 두도록 해.”

“응, 알겠어.”

"맡겨만 주세요."

그렉을 제외한 모두가 자신 있다는 반응을 보였다.

하기야 어찌 보면 당연한 일이었다. 적시운은 그들의 체내에 내공을 돌려 체질을 확인했다.

방식은 간단했다. 손을 등허리에 얹고 기운을 주입하는 게 전부. 다만 누구나 약간쯤은 가지고 있는 체내의 선천진기와 충돌하지 않게 주의하는 게 포인트였다.

"으히, 간지러워요."

몸속에서 미꾸라지처럼 흘러 다니는 따스한 기운에 밀리아가 움찔거렸다. 나머지 네 사람도 내색하진 않았지만 몸속을 흐르는 기운이 생경한 듯했다.

각자의 체질을 파악한 후 그에 맞는 무공을 찾는다.

이것은 천마에게 맡기기로 했다.

[흠, 뭐 어려울 건 없겠지. 본좌에게 맡기게나.]

'의외인걸. 시시콜콜한 잡일이나 시킨다고 화낼 줄 알았는데.'

[후계자를 위해 이 정도도 못 하겠나? 하루빨리 자네가 이 타향 땅에서 군림하는 모습을 보고 싶을 따름이네.]

'미안하지만 군림 같은 건 하지 않아. 난 집으로만 돌아가면 족하니까.'

[세상일이란 모르는 법이지.]

의미심장한 천마의 말.

적시운은 뭐라 대꾸할까 하다가 그냥 한 귀로 흘리기로 했다.

물색 작업을 시작한 천마가 조용해졌다. 적시운은 그사이에 스트롱홀드로 향하여 오스카리나를 만났다. 지난번과 달리 일사천리로 독대가 이루어졌다. 조로아스터가 개입할 법도 한데 의외로 그는 털끝 하나 보이지 않았다.

오스카리나는 조금 야윈 듯한 모습이었다.

"꽤나 바쁜 모양이군."

"해야 할 게 이것저것 많으니까. 한데 무슨 일이지?"

"몇 가지 얘기할 게 있어서."

적시운은 클라리스와 레지스탕스의 얘기를 꺼냈다. 오스카리나는 그리 내키지 않는 눈치였지만 적시운의 이야기를 세심히 경청했다.

"길드를 만들었다는 거네."

"그래, 아킬레스와 거래를 했거든."

"어떤 거래인지는 묻지 않겠어. 시타델에 도움이 되는 일이기만 하면 충분해."

"당연히 도움이 될 거다. 황혼의 순례자는 공동의 적이니까."

"그럼 이젠 내가 결정해야 할 차례라는 거네."

잠시 침묵하던 오스카리나가 입술을 뗐다.

"좋아, 하층민 구역에 대한 지원 계획을 확립하겠어. 하지만 그들을 시민으로 들일 수는 없어. 하층민에 대한 처우는 황제 폐하의 법령으로 정해진 것이니까."

"나도 거기까진 바라지 않아."

"저기, 알고는 있지? 그들을 지원한다고 해서 시타델 정부에 대한 하층민들의 적의가 사라지진 않을 거야. 총을 내주면 총구를 우리 쪽으로 돌릴 게 뻔하다고."

"총성이 가능한 덜 울리게끔 조율하는 게 네 일이잖아. 힘내, 백작."

"병 주고 약 주는 것도 아니고."

나직이 툴툴거리는 오스카리나. 그래도 예전처럼 적시운에게 적의를 보이진 않았다.

"그 외에 부탁할 건 없어?"

"딱히 없는 것 같은데…… 아, 혹시 창고에 남아나는 코어 좀 없어?"

"미안하지만 우리도 빠듯해. 뭐, 당신이 정말 원한다면 내가 거부하지는 못하겠지만."

"그 정도까진 아냐. 여유가 없으면 됐어."

적시운의 말에 오스카리나의 표정이 한층 풀어졌다.

"참 희한한 사람이야, 당신."

"뭐가?"

"내 목숨 줄을 쥐고 있으니 뭐든 마음대로 취해도 될 텐데, 생각 이상으로 상식적인 부탁만 하고 있잖아. 그마저도 지시나 명령이 아닌 거래의 형태고."

"전에도 말했잖아. 되도록 적을 만들고 싶지는 않다고."

"그래, 애초에 당신을 적으로 규정한 건 우리였지."

쓴웃음을 짓는 오스카리나. 처음 봤을 때 느꼈던 오만함과 뻔뻔함은 거의 사라져 버린 느낌이었다.

적시운을 만남으로써 뭔가 내면의 변화가 있었던 모양. 적시운으로선 나쁘지 않은 일이었다.

"조만간 마수 군단의 선발대를 요격하게 될 거야. 당신도 참가할 거지?"

"그래야지. 코어를 왕창 뜯어낼 수 있는 기회인데."

"우리도 여유가 생기는 대로 당신을 지원하겠어."

"그러면 고맙지."

고맙다는 말에 오스카리나의 볼이 살짝 붉어졌다.

"참 이상한 사람이야. 당신이 왜 내게 감사를 표해?"

"못 할 것도 없잖아. 말한다고 뭐가 닳는 것도 아닌데."

적시운은 그 뒤로 잡담을 조금 더 나누다가 떠났다.

오스카리나는 그가 앉아 있던 자리를 말없이 응시했다. 그리고 조로아스터는 천장의 폐쇄회로 TV를 통해 그 모습을 내려다봤다. 엄밀히 말해 하극상이었다. 백작인 오스카리나의 허락도 없이 두 사람의 대화를 도청한 셈이었으니까.

하지만 지금의 조로아스터는 그런 것을 생각할 겨를이 없었다. 오직 복수심만이 그의 뇌리를 활활 태우고 있을 따름이었다.

"당신은 냉정을 잃었습니다, 백작."

스톡홀름 신드롬이 분명하다. 자신을 납치했던 상대에게 심적으로 동요하게 되다니, 결국 그녀도 어쩔 수 없는 소녀에 불과했던 걸까?

조로아스터는 그녀와 달랐다. 그는 적시운의 본질을 꿰뚫어 볼 수 있었다.

최소한 본인은 그렇게 생각했다.

"놈은 시타델을 멸망으로 몰아넣을 것이다."

2

적시운.

놈이 제이콥 토마호크와 그의 클랜을 쓸어버렸을 때까지만 해도 큰 위기감을 느끼진 못했다. 제법 전장에서 잔뼈가 굵은 놈이겠거니 싶었을 따름. 경우에 따라선 유능한 사냥개로 써먹을 수 있을 거라 생각했다. 매카시나 제이콥이 그러했던 것처럼.

한데 이제 보니 놈은 사냥개가 아니었다. 길들이지 못할 들개. 잘못 물렸다간 뼈까지 끊어져 나갈 광견이었다.

그 미친개의 광기가 도시를 오염시켰다.

그의 백작, 그의 소녀. 완벽한 에메랄드의 순수한 빛깔마저 퇴색시켜 버렸다.

"나의 잘못이다. 내가 놈을 받아들였기에 이렇게 된 것이다."

특무부가 박살 나고 지방 정부가 휘청이는 걸로 모자라 황혼의 순례자까지 나타나고 말았다. 그 모든 사건의 중심에 적시운이 있다는 점에는 의심의 여지가 없었다.

몇 가지는 우연에 불과할지 모르지만, 또 다른 필연 몇 가지와 뒤섞이게 되면 뭐가 뭔지 알 수 없게 된다. 그럴 땐 하나의 상징을 내세우는 것이 인간의 심리. 제물로 바친다거나 누명을 씌우는 식으로 희생양을 만드는 것은 그러한 심리의 결과물이었다.

조로아스터는 그 대상을 적시운으로 점찍었다.

'놈이야말로 이 모든 일의 원흉!'

그렇게 생각하니 머릿속이 명료해지는 기분이었다.

"이제야 네 마음을 알 것 같군, 매카시."

조로아스터의 눈빛이 광기로 번들거렸다.

"네가 못 한 정의를 내가 실현하겠다."

격체신진술로 전이된 천마의 기억은 적시운의 생각보다도 방대했다. 단순히 천마신공에 대한 정보뿐 아니라 그 외의 무공들에 대한 정보 또한 포함되어 있었다.

그럼에도 인식하지 못하는 이유는 의식과 무의식의 경계점에 보관되어 있기 때문. 대량의 정보를 한 번에 받아들이면 대뇌에 과부하가 걸릴 수밖에 없다. 때문에 천마는 무의식의 경계에 정보를 저장하되, 필요한 경우 꺼내 쓸 수 있도록 안배를 해두었다.

물론 이건 적시운의 관점에서 풀어낸 해석. 그래도 크게 틀리진 않을 거라 생각됐다.

천마는 다섯 명의 체질에 가장 적합하다 생각되는 3개의 심법을 찾아냈다.

[까무잡잡한 계집애 둘에겐 소호신공(小湖神功)이 어울릴 것이네. 본좌의 왼팔이었던 폭혈권마가 반쯤 심심풀이 삼아 만든 심법이지.]

'까무잡잡한 애들이라면 아티샤와 헨리에타 말이야?'

[음, 보아하니 그 두 아해의 단전은 정순하긴 하되 뿌리가 깊지는 못해. 상승의 무공을 익힐 역량은 되지 못하지만 대신 흡수하는 능력만큼은 발군일 걸세. 소호신공의 얇지만 유연한 성질과 어울릴 것이야.]

'……칭찬인지 까 내리는 건지 모르겠네. 나머지 세 사람은?'

[칙칙한 말라깽이와 말 많은 금발 아해에겐 타형명공(他形明功)이 어울릴 걸세. 순천자라고도 불렸던 본교의 노장로가 익힌 심공이지.]

필시 그렉과 밀리아를 말하는 것이리라.

'의외인걸. 그 두 사람이 체질적으로는 비슷하다는 건가?'

[그 반대일세. 타형명공은 체질에 따라 두 가지 성질을 발하는 특이한 무공이거든. 습하고 음침한 말라깽이가 익히면 냉공의 성질을 지닐 테고, 멍청하고 시끄러운 금발 계집이 익히면 열공의 성격을 띠게 될 걸세.]

'신기한 무공인데.'

[순천자의 임무는 일반 교도들의 훈련을 총괄하는 것이었지. 되도록 다양한 체질에 통용되는 심법을 만들고자 한 노력의 결과가 타형명공일세.]

'좋아, 마지막 한 명인 올리버에게 쓰일 심공은?'

[그 덩치에겐 반야범천심법(般若梵天心法)이 제격일 걸세.]

적시운은 순간 귀를 의심했다.

'어째 마교에 어울리는 이름 같지는 않다는 생각이 드는데. 마교보다는 차라리…….'

[소림의 땡추들에게나 어울리는 이름이지. 잘 보았네.]

'그러니까, 소림의 심법이란 거야?'

[그렇다네.]

'그걸 왜 당신이 알고 있는데?'

[그런 말도 있지 않은가? 양에 대해 가장 잘 아는 건 양치기와 늑대라고. 물론 본좌에 빗대자면 늑대 따위보다는 대호나 기린(麒麟)이 더 어울리겠지만 말일세. 아니, 못해도 황룡쯤은 되어야…….]

'나르시시즘(Narcissism)도 좀 적당히 하시지.'

[그게 뭔가?]

'자뻑, 자아도취 말이야.'

[사실을 말하는 게 자아도취인가?]

적시운은 더 말하지 말기로 했다. 왕자병에는 약도 없는 법이었으니까.

어쨌거나 심법이 정해졌으니 전수하는 게 순리였다. 여유는 적고 할 일은 많은 만큼 적시운은 속전속결로 나가기로 했다.

"모든 것에는 순리가 있는 법이고 기초를 충실히 닦는 것만큼 중요한 게 없다고들 하지. 사실 대부분의 경우엔 그게 맞는 말일 거야."

다섯 명을 모아두고서 입을 연 적시운이었다.

"하지만 우리에겐 그런 여유가 없다. 기초부터 닦고 올라가기엔 시간이 촉박해. 그러니 다 건너뛰고 핵심만 전수하겠다."

"무공이라는 게 뭔데?"

헨리에타가 손을 들고 질문했다.

"마법, 초능력, 요술. 대충 그런 거라고 생각해. 사실 뜬구름 잡는 소리로 설명하려 한다면 할 수야 있겠지만 나는 불필요하다고 생각하거든."

"흐음."

"분명한 사실 이게 전가의 보도나 만능열쇠 같은 게 결코 아니라는 점이야. 이능력이 그런 것처럼 한계도 분명 존재하고 자칫하면 역효과가 생길 수도 있어."

"역효과?"

"호르몬제나 항정신성 마약을 떠올려 봐. 일시적으로 도움이 될 순 있어도 육체가 망가질 가능성이 높지."

"아."

모두의 얼굴에 이해했다는 표정이 떠올랐다.

"물론 제대로 소화만 한다면 부작용이 생겨날 가능성은 낮

아. 최소한 내가 시키는 것만 따른다면 문제가 생길 일은 없을 거야."

모두가 고개를 끄덕였다.

"좋아, 설명은 이걸로 끝이야. 궁금한 게 많겠지만 그냥 묻지 마. 설명하기도 귀찮고 들어봤자 뜬구름 잡는 헛소리처럼 들리기만 할 테니."

"네!"

밀리아가 우렁차게 대답하는 가운데 적시운의 머릿속에선 천마가 헛웃음을 짓고 있었다.

[죽고 나니 이런 엉터리 수업도 다 보게 되는구먼.]

'학생 눈높이에 맞게 가르치는 게 좋은 선생 아니겠어?'

심법의 전수는 빠르게 이루어졌다. 일단 한 사람씩 붙들고는 격체전공을 통해 내공을 흘려 넣었다. 그다음 각 심법에 맞는 기혈의 경로를 따라 내공을 순환시켰다.

"이 흐름을 기억해. 네 시진…… 그러니까 8시간의 텀을 두고 반복하도록 해. 내가 불어넣은 기운이 사라지게 되면 다시 말하고."

"으, 응."

얼떨떨한 얼굴로 고개를 끄덕이는 헨리에타. 몸속에서 꿈틀거리는 기묘한 덩어리가 못내 어색한 모양이었다.

"꼭 물고기 한 마리가 몸속에서 헤엄치는 것 같아."

"뭐, 그렇게 볼 수도 있겠네. 엄밀히 따지면 에너지로 이루어진 기생충 같은 거니."

"윽, 기생충?"

"말이 그렇다는 거야."

나머지 네 사람에게도 같은 과정을 반복했다.

"어, 어라?"

"히익. 힉!"

"으, 으음……."

하나의 예외도 없이 당혹스러워하는 반응들. 하기야 뭘 이해하지도 못한 채 기운을 받아들였으니 그럴 수밖에 없으리라.

[차라리 이게 나을 걸세. 생각이 많아지면 뒷걸음을 치게 되는 게 사람의 생리거든.]

적시운도 그 사실에 동의했다. 귀환 직후, 오소독스에서의 자신부터가 그러했으니 말이다.

그렇다면 차라리 생각할 여지를 주지 않는 편이 나을 터였다.

'무식하면 용감하다는 말도 있고.'

구결을 가르쳐 봐야 알아먹지도 못한다. 개념을 이해시키려 해도 기본적인 가치관부터가 다르다.

결국 직접 몸으로 느끼고 이해하는 것이 가장 빠르고 확실했다.

다섯 모두 심법 전수가 끝났다.

“길게 설명하지 않을게. 내가 말한 것만 명심하고 충실히 지키도록 해.”

“하루 세 번 몸속의 에너지 덩어리를 돌리라는 거지?”

“그래, 기운의 성질을 너희에게 맞춰두었으니 약간의 요령만 생기면 의지대로 움직일 수 있을 거야.”

“더 자주 돌리면 좋은 거 아닌가요?”

밀리아의 질문에 적시운은 표정을 굳혔다.

“최대한 고통스럽게 자살하는 게 소원이라면 그래도 좋아.”

“…….”

“이 정도면 답변이 되겠지?”

“네, 넵…….”

“다시 말하지만 내가 말한 것만 지키면 문제없을 거야.”

내내 입을 다물고 있던 올리버가 손을 들었다. 적시운이 말하라는 의미로 턱짓을 했다.

“이 힘을 체감하기 위해선 어느 정도의 단련이 필요합니까?”

“글쎄. 나도 확답할 수는 없어. 대략 수개월 정도라고 뭉뚱그려 대답할 수밖에. 너희가 내재한 잠재력이 어느 정도인지는 나도 알지 못하니까.”

“그저 묵묵히 따르다 보면 어느 순간 깨닫게 되겠군요.”

"아마도. 되도록 그 시기가 빠르길 바라야지."

"알겠습니다."

이로써 다섯 사람의 단련을 위한 기초 작업은 끝났다. 심법과 어울리는 수련법의 전수는 조금 더 기다려야 할 일. 그때까진 자기 자신의 방법으로 단련하게끔 내버려 두는 것이 나을 터였다.

"다음은 내 차례군."

적시운은 곧바로 작센을 찾아갔다.

"아포칼립틱 코어를 최대한 많이 확보해 줬으면 하는데."

"최대한 많이라면 어느 정도 말씀이오?"

"말 그대로야. 개수와 코어 레벨과 관계없이 있는 대로 전부."

"흐음."

미묘한 콧소리를 낸 작센이 말했다.

"아시다시피 전투가 코앞인지라 전반적인 물자의 가격이 폭등하고 있소. 코어라면 말할 것도 없고 말이오."

"알아. 그리고 시간이 지날수록 가격은 더 오르겠지."

"꼭 그렇지만은 않소. 대량의 코어가 제 발로 걸어오고 있으니."

마수 군단의 선발대. 블랙 라이트 해안으로부터 뛰쳐나온 괴물들.

“놈들과의 전투가 끝나면 코어 가격은 필연적으로 떨어지게 될 것이오. 공급은 많아지고 수요는 줄어들 테니까.”

마수들이 코어를 뱉어낼 테니 공급이 많아질 테고, 구매자 중 상당수가 죽을 테니 수요는 줄어든다.

“하긴 그렇네. 그럼 그 이후에 코어를 되는대로 구매하고 싶은데, 준비해 줄 수 있겠어?”

“최대한 확보해 두리다.”

“좋아.”

적시운은 그 순간 생각을 바꿨다. 원래는 하층민 구역에서 수련에 매진할 생각이었지만 작센의 말을 듣고 보니 그럴 필요가 없다는 생각이 든 것이다.

“아직 도시 내의 병력은 움직이지 않은 거지? 데이브레이크가 됐든 다른 길드들이 됐든 말이야.”

“그렇소. 마수 군단의 속도를 감안한다면 이틀 뒤가 출병일이 될 거요.”

“알겠어.”

적시운이 자리에서 일어났다. 뭔가를 눈치챈 작센의 눈이 살짝 커졌다.

“설마…… 홀로 놈들에게로 향할 생각이시오?”

적시운은 등을 돌린 채 웃었다.

"경쟁자가 없을 때 노다지를 미리 캐야지. 안 그래?"

"하지만 놈들은……."

한데 뭉쳐 움직이는 마수 군단. 홀로 감당하기엔 너무나 벅찬 규모였다. 일반적인 마수 사냥꾼의 관점에서 보자면 말이다.

"리스크를 생각하고 있을 여유가 없어서 말이지."

바삐 움직여도 모자랄 판. 어느 정도의 위험은 감수할 가치가 있었다.

작센도 더 뭐라 하지 않았다. 무슨 말을 하든 적시운에겐 통하지 않으리라는 걸 알기 때문이었다.

"힘내라는 말밖에는 드릴 게 없겠군. 이 늙은이가 하는 말이라 감흥은 없겠소만."

"그렇지만도 않아."

적시운은 피식 웃었다.

"안 그래도 늙은이 하나를 곁에 달고 살 거든."

3

시타델의 성벽을 넘어가는 건 어렵지 않았다. 안 그래도 1등 시민인 적시운의 지위가 오스카리나에 의해 VIP 레벨로 격상된 까닭이다.

[설마 그 늙은이라는 게 본좌는 아닐 테지?]

적시운은 비스듬히 돌출된 바위 위에 섰다.

[왜 대답이 없나?]

휘이이이.

천마의 목소리도 황량한 바람에 흩어져 사라지는 느낌이었다. 갈색 흙모래가 섞인 텁텁한 바람이 오늘따라 청량하게 느껴졌다.

작센은 마수 군단의 이동 경로를 데이터화하여 적시운에게 전송했다. 해당 기록은 고스란히 미네르바의 스크린 위로 표시되었다.

점멸하는 붉은 광점들. 날짜별로 이루어진 점들을 한데 연결하면 그간의 이동 경로가 된다. 그 패턴에 빗대어 추측한다면 현재의 위치를 알 수 있을 터.

적시운은 남동쪽으로 걸음을 옮겼다. 예상되는 마수 군단의 위치는 시타델로부터 200㎞쯤 떨어진 장소. 옛 미국의 오스틴(Austin)쯤 되는 지점이었다.

놈들의 이동 속도가 일 평균 30㎞쯤 되는 것을 보면 이틀 뒤로 출병일이 잡힌 것도 이해가 되었다.

'시타델에 영향이 미치지는 않되, 최대한 도시와 가까운 거리에서 놈들을 상대하려 했겠지.'

적시운으로선 좋은 일이었다. 최소한 이틀 동안은 그 누구의 방해도 받지 않을 테니.

스슥.

시우보를 밟아 협곡과 바위 사이를 뛰어넘는다.

어지간한 차량보다도 빠른 속도. 지형의 영향도 받지 않는다는 걸 감안하면 실질적인 기동성은 그 몇 배에 달했다.

시타델을 떠난 지 2시간을 조금 넘겼을 무렵, 적시운은 전방에서 피어오르는 먼지구름을 발견했다.

"……."

폭발적인 기세는 느껴지지 않았다. 마구 내달리는 게 아닌, 마치 신중한 군대처럼 천천히 전진하고 있을 따름. 마수답지 않은 진군이었다.

그것이야말로 강력한 정신 통제를 받고 있다는 증거. 오히려 마구잡이로 날뛰는 놈들보다 위험하다 할 수 있었다.

"S급 이상의 마수라는 거지."

인간에 준하는, 혹은 그마저 뛰어넘은 지성체. 고위 등급의 마수들은 그저 강하기만 한 괴물이 아니었다.

그 사실에 겁먹을 수야 없는 일이었지만.

'쇠뿔을 빼려면 단김에.'

적시운은 비스듬한 경사의 능선을 미끄러져 내려갔다. 그 궤적을 따라 한 줄기 모래 먼지가 피어났다.

가지고 온 무기는 전기톱이 전부. 소총은 일부러 챙기지 않았다. 일반 사격으로는 씨알도 먹히지 않을 테고 내공을 실어 날리는 것은 최대한 조절해도 서너 발이 한계였던 까닭이다.

'아예 내공을 버틸 수 있는 재질로 총을 만들어 달라고 할까.'

작센이라면 충분히 수주할 수 있을 터. 그렇게만 되면 휴대하기 편한 대전차 병기가 생기는 셈이었다.

물론 지금 당장이 아닌 나중의 일일 뿐.

적시운은 바닥에 착지하자마자 전방을 향해 뛰쳐나갔다.

주변은 탁 트인 평야. 적시운이 내려선 능선을 제외하면 엄폐나 회피에 쓰일 만한 지형지물이 없었다.

기습이나 꼬리 자르기는 불가능. 기본적인 척후조차 운용하지 않는 놈들이었기에 각개격파 또한 힘들었다.

결국 정면으로 치고 들어가는 게 유일한 답.

적시운은 단전의 내공을 끌어올렸다. 천마결을 통해 지속적으로 축적해 온 기운이 뜨거운 기세로 치솟았다.

부아아앙!

전기톱의 날이 맹렬한 기세로 회전하기 시작했다. 그 위로 흑색의 천마검기가 끈적하게 달라붙었다.

마수들 또한 적시운을 발견했다.

더블 B랭크의 마수, 시사이드 스콜피온(Seaside Scorpion)이

꼬리를 들어 올렸다.

타앙!

공기총의 총격음과 비슷한 소리.

기역 자로 꺾인 꼬리의 첨단으로부터 독침이 발사됐다. 아마도 공기를 압축해 침을 발사하는 구조인 듯했다. 그 스피드는 어지간한 탄환에 맞먹는 수준. 발사 이후에 소리가 터져 나온 걸 보면 음속 이상이라는 의미였다.

스륵.

적시운의 신형이 순간적으로 흐릿해졌다. 그의 신형이 좌측으로 점멸했고 독침은 애꿎은 바위에 꽂혔다.

치이이익.

여름날의 얼음처럼 녹아내리는 바위. 일반적인 의미의 독이라기보다는 산성액에 가까운 형질 같았다.

그리고 무엇보다도 하나가 아니다.

타타타탕!

잇따라 발사되는 독침들.

번들거리는 궤적들이 적시운을 향하여 뭉쳐 들었다. 일일이 피하려다간 기동성이 떨어진다. 그러느니 뚫고 나가는 게 낫다고 적시운은 판단했다.

우웅.

전방으로 맺히는 무형의 막. 염동력으로 이루어진 방어막이었다.

치익! 치지지직!

방어막에 부딪힌 독침들은 튕겨 나가는 대신 달라붙었다. 이윽고 방어막이 녹아내리기 시작했다. 이 또한 일반적인 광경은 결코 아니었다.

"이능력에도 영향을 미친다는 건……."

마수들의 능력 또한 이능력에 가깝다는 것. 놈들이 보통의 짐승과는 전혀 다르다는 의미이기도 했다.

[경고. 세 자릿수의 엘리트 레벨 개체가 감지되었습니다. 위험. 두 자릿수의 에픽 레벨 개체가 감지되었습니다.]

품속의 미네르바가 연신 경고음을 쏟아냈다.

커럽티드 울프와의 전투 이후 처음.

경고 내용을 감안한다면 그때와 비교하기도 미안할 수준이었다.

조금만 방심해도 목숨이 위험하다.

적시운은 온몸의 신경이 날카로워지는 기분이었다. 한 자루의 칼날처럼. 물론 양손에 들린 것은 칼이라기엔 너무나 투박하고 우악스러운 물건이었지만 말이다.

선봉과의 거리는 이제 지척. 적시운은 발끝에 힘을 주었다.

'간다!'

콰직.

크게 진각을 내딛자 거북이 등 같은 균열이 생겨났다.

시우보에서 자연스럽게 이어지는 용신퇴.

막대한 경력이 발끝을 타고 올라 양팔로 이어졌다. 적시운은 전방을 향해 전기톱을 휘둘렀다.

촤르르륵!

회전하는 톱날로부터 뿜어져 나온 흑색의 기운이 사방으로 회오리쳤다.

본디 천마가 반월섬(半月閃)이라 이름 붙인 초식.

예리함의 극의를 추구함으로써 베어내지 못하는 게 없다는 검식이었다. 그러나 지금의 모습은 반월 같은 고상한 표현과는 거리가 멀었다.

검기의 다발 하나하나가 투박한 톱날. 베어내는 게 아니라 찢어발기는 기운이었다.

가까이 있던 마수 4마리가 천마검기와 직통으로 충돌했다.

촤아악!

깔끔하게 양단되는 대신 너저분하게 찢어발겨지는 마수들. 내장과 살점이 애먼 방향으로 튀어 나갔다.

천마검기는 거기서 멈추지 않고 사방으로 몰아쳤다. 두어 마리의 마수가 팔다리를 잃고서 비틀거렸다.

키엑!

적시운의 눈앞으로 큼직한 그림자가 드리웠다. 기괴한 굉음을 토하는 그것은 척 봐도 초대형 게 껍데기였다.

더블 B랭크, 플라티나 크랩.

한눈에 봐도 가장 많은 비율을 차지하고 있는 녀석이었다.

[플라티나 크랩의 강점은 뛰어난 방어도로, 대전차화기의 직격탄을 견뎌낼 수 있을 정도의 견고함을 자랑합니다.]

미네르바의 설명 뒤로 플라티나 크랩의 공격이 펼쳐졌다.

그리 특이할 게 없는 큼직한 집게발이 날아들었다. 물론 저 정도 견고함을 지녔다는 건 절삭력 또한 상상 초월이라는 의미. 멍청하게 잡혀줄 이유는 없었다.

적시운은 뒤로 빠지는 동시에 놈의 하반신을 향해 전기톱을 휘둘렀다. 하반신이라 해봐야 새끼발이 주렁주렁 매달려 있을 따름이었지만.

카각!

마찰열로 인해 불꽃이 튀었다.

플라티나 크랩이 비틀거리긴 했으나 그게 전부. 비교적 약해 보이는 새끼발을 노렸는데도 잘려 나가지 않았다.

'검기를 좀 더 강화한다면 벨 수도 있겠지만…….'

그래서는 수지타산이 맞지 않는다.

쓸데없는 만용으로 기를 낭비해 봐야 본인만 위험해질 뿐.

'그렇다면.'

적시운은 곧장 방향을 전환, 전방을 향해 쇄도했다.

플라티나 크랩이 곧장 집게발을 뻗었지만 상체를 낮춤으로써 가볍게 피해냈다.

품으로 파고든 적시운이 곧장 천랑섬권을 내뻗었다.

쾅!

격산타우의 묘리가 실린 권격은 견고한 갑각을 그대로 뚫고 들어가 내부에서 격발했다. 급격한 기압 변화가 일어난 것처럼 플라티나 크랩의 눈알들이 볼록 튀어나왔다.

이윽고 2m에 이르는 거체가 기우뚱 뒤로 넘어갔다. 내장이 완전히 곤죽이 됐으니 버텨낼 리 만무하다. 역시 내부까지 백금으로 도배하지는 않은 모양이었다.

'그렇다면 두려울 게 없지.'

플라티나 크랩의 랭크가 더블 B인 것은 백금제 갑각 덕분. 그것을 제외하고 보면 그다지 까다로운 마수라고 보기는 어려웠다.

적시운은 침착하게 전투를 이어갔다. 일격에 쓸어버리겠다는 생각보다는 확실하게 하나씩 잡는다는 일념으로 전투에 임했다.

그 와중에도 염동력을 통해 죽은 마수들에게서 코어를 뽑아냈다.

30분간의 교전으로 해치운 마수는 대략 20마리. 적지 않은 숫자이긴 했지만 만족스러운 숫자도 결코 아니었다. 첫 일격만으로 4마리를 한 방에 쓸어버렸음을 생각한다면 더더욱.

기본적으로 포위된 상황에서의 전투이다 보니 공격보다는 회피 및 방어에 소모하는 시간이 너무나 많았다.

그래도 지금까진 생채기 하나 나지 않았다. 옷이 약간 찢겨 나간 게 피해의 전부. 체력 소모가 상당하긴 했지만 아직은 버틸 만했다.

'그래도 슬슬 빠질 준비를 해야겠지.'

여전히 마수는 세 자릿수. 자칫 마음을 놓은 사이에 불의의 일격을 당할 가능성도 없지 않았다. 놈들의 추격을 떼어내는 것도 쉽지 않을 터. 체력 안배에 주의를 기울일 필요가 있었다.

'아직은 아니지만!'

퍼석!

또 하나의 플라티나 크랩이 체액을 쏟아내며 고꾸라졌다. 이로써 적시운이 해치운 마수의 숫자가 30을 넘어섰다.

마수들이 뿜어내는 먼지구름이 황야를 뒤덮고 있었다.

“척후조로부터의 보고입니다. 진군 중이던 마수 군단이 교전에 들어갔습니다.”

“교전이라고?”

네이트가 미간을 찌푸렸다.

“설마 조약을 어기고 먼저 뛰쳐나간 길드라도 있는 건가?”

“보고에 따르면 그렇지 않다고 합니다.”

“척후조가 관찰 중인 건가?”

“예, 10분 단위로 보고 메시지를 보내오는 걸 봐선 아직 무사한 상태입니다.”

차분한 어조로 대답하는 이는 실피드.

특진에 가까운 대우를 받아 네이트의 보좌관이 된 여인이었다. 그녀는 빠르게 데이브레이크의 임무에 적응했다. 기실 특무부 시절과 큰 차이가 없다 보니 적응하는 게 어렵진 않았다.

“그래서, 놈들과 교전 중인 집단의 정체는? 통제 바깥의 용병들인가? 아니면 그저 지나가다가 운 나쁘게 걸려든 상인 무리?”

“그 어느 쪽도 아닌 듯싶습니다. 척후조의 보고에 따르면…….”

실피드가 잠시 뜸을 들였다. 그녀 또한 믿기지 않는다는 눈치였다.

"마수 사냥꾼이라고 합니다."

복수형이 아니다. 네이트의 눈매가 가늘어졌다.

"단 한 명의 헌터라고?"

"그렇습니다."

짤막하게 대답한 실피드가 이내 덧붙였다.

"척후조의 판단으로는 그렇다고 합니다."

시력에 문제가 생긴 게 아닌 바에야 척후조가 제대로 못 봤을 리 없다. 그럼에도 저렇게 표현하는 건 그만큼 믿기 어렵다는 의미였다.

"혼자서 마수 군단 한가운데로 뛰어들었다는 건가? 대체 전투가 벌어진 지 얼마나 지난 거지?"

실피드는 이번에도 머뭇거렸다. 모르는 이가 봤다면 그녀가 미숙하거나 우유부단하다고 생각할 노릇이었다.

물론 그녀는 그 어느 쪽도 아니었다. 그저 믿기 어려웠을 뿐.

"최소 한 시간 이상입니다."

4

팟.

따끔한 느낌이 어깻죽지를 스쳤다. 근접해 있는 어보미네이션 골렘(Abomination Golem)을 밀쳐 낸 후 살피니 살갗이 찢겨 피가 흐르고 있었다.

플라티나 크랩의 집게발이 스친 모양. 염동력과 외공을 활용해 이중, 삼중의 방비를 했음에도 상처가 났다.

주의가 흐트러졌다는 의미. 체력적으로도 슬슬 한계가 보인다는 뜻이기도 할 터였다.

적시운은 수집한 코어의 숫자를 세어 보았다. 염동력으로 감지하는 것이라 정확하진 않았지만 대략 마흔 개 이상으로 보였다.

2시간 가까운 전투의 결과물치고는 나쁘지 않았다. 무엇보다도 중상을 입지 않았다는 점이 고무적이었다.

'더 싸울 수 있을지도.'

호승심과 자신감이 여전히 뱃속에서 용솟음쳤다. 눈앞의 사냥감들을 모조리 도륙 낼 수 있노라는 생각이 심장을 두들겼다.

하지만 그것은 어디까지나 치기일 뿐. 분출된 아드레날린이 가져다준 환상에 가까웠다.

체력이 지속적으로 소모되었음은 말할 것도 없는 일. 내공과 염동력 또한 바닥을 보이고 있었다. 여기서 더 무리했다간 달아날 여력마저 남지 않을 것이다.

'끝낸다.'

적시운은 확고히 마음을 정했다. 용신퇴를 밟은 후 전기톱을 크게 휘둘러 마수들을 떨쳐 낸 다음, 보법을 시우보로 전환하여 단번에 포위망을 빠져나갔다.

쿠오오오!

케에엑!

갖가지 괴성과 포효가 뒤를 따랐다. 그러나 전력으로 시우보를 펼치는 적시운을 따라잡을 마수는 없었다.

그나마 시사이드 스콜피온의 독침들이 적시운의 속도를 상회했는데, 탄도가 어느 정도 일정한지라 회피하는 것은 어렵지 않았다.

적시운은 30분가량을 내달려 마수 군단을 완전히 떨쳐냈다.

"후우."

걸음을 멈췄을 때쯤엔 온몸이 땀에 절어 있었다. 싸울 때는 잊고 있던 격통과 피로감이 어깨를 짓눌렀다. 조금만 더 어기적거렸다면 위험했을 거란 생각이 뇌리를 스쳤다.

'그래도 이 정도면 첫 전투치고는 나쁘지 않지.'

마수 무리의 4분의 1가량을 분쇄했다. 엄밀히 말해 선발대에 지나지 않는 놈들이긴 했지만 그래도 고무적인 성과였다. 특히나 놈들의 코어를 고스란히 휩쓸었다는 점에 있어서.

적시운은 일단 웃통을 벗고 상체를 살폈다. 역시나 전투 중엔 몰랐던 크고 작은 상처가 몸 곳곳에 나 있었다. 치명상은 없었다. 가장 많은 것은 역시 타박상. 찰과상은 대부분 생채기 수준에 불과했다.

'그래도 중독이나 파상풍 등의 가능성을 배제할 순 없겠지.'

[배제해도 되네.]

적시운이 생각하자마자 말을 붙이는 천마였다.

'뭐야, 깨어 있었어?'

[잔존 사념인 본좌가 잠들 것 같은가?]

'싸우는 내내 말이 없어서 잠이라도 자는 줄 알았지.'

[자네를 방해하지 않고자 침묵을 지킨 것뿐이네. 괜한 잡소리는 집중을 깨버리기만 할 테니.]

'그건 그렇겠네. 그런데 배제해도 된다는 건 뭔 소리야?'

[자네도 알 텐데? 기초적인 천룡혈독공만 익혀도 균이나 사소한 독소에 의한 타격엔 면역이 된다는 것을 말이야.]

'저놈들의 독소가 사소한 수준은 아닐 텐데?'

[걱정도 팔자군. 정말 중독됐다면 몸이 먼저 반응했을 걸세.]

틀린 말은 아니다. 신중해서 나쁠 건 없지만 생각이 너무 많아지는 것도 좋진 않을 터였다.

적시운은 파상풍에 대한 걱정을 머릿속에서 지웠다. 이럴 때일수록 잡념을 떨치고 가장 중요한 부분에만 집중할 필요가 있었다.

'다음 해야 할 일은?'

추격을 떨쳤으니 소모된 기력을 회복하는 게 올바른 수순.

적시운은 주변에 위험이 없음을 확인하자마자 곧바로 운기조식에 착수했다. 아직까지도 전투의 열기가 남아 있는 몸을 가라앉히는 건 쉬운 일이 아니었다.

그래도 금세 심신을 안정시킬 수 있었다.

스스스스.

적시운의 몸을 중심으로 희미한 바람이 불었다. 마치 주변의 공간이 적시운을 향하여 빨려 들어가는 듯했다.

몸과 정신을 세상과 일치시켜 자연의 힘을 받아들인다. 생채기와 타박상이 빠르게 치유되고 메마른 내공이 차츰 차오른다. 일주천하는 내공의 기세가 장마철의 하천처럼 질주한다.

적시운의 기력이 빠른 기세로 회복되어 갔다.

"후우."

일각, 즉 15분 만에 운기조식을 마친 적시운이 숨을 돌렸다.

소주천만 빠르게 마친 것인지라 모든 기력이 회복되진 않았지만 지금은 이 정도로 만족하기로 했다.

[좀 더 토납에 시간을 쏟아도 괜찮다고 보네만. 저 멍청한 괴물

놈들이 자네를 금방 찾아내지는 못할걸세.]

'그렇기는 한데 조금 마음에 걸리는 게 있어서.'

[마음에 걸리는 거라니?]

'싸우는 와중이라 착각한 건지도 모르겠지만…….'

적시운은 자신이 달려온 방향을 되돌아봤다.

'마수들 말고도 누군가가 있었던 것 같았거든.'

[누군가라니? 인간 말인가?]

'응.'

적시운의 눈매가 가늘어졌다.

'내 생각이 맞다면, 지금쯤 독박을 제대로 썼겠지.'

"제기랄!"

루소 트로스는 욕설을 토했다.

블랙라이트 해안을 출발한 마수 군단의 선발대, 놈들을 감시하는 것이 그의 임무였다.

대체로 빼어난 전술가일수록 척후조의 중요성을 잘 아는 법. 루소는 데이브레이크 내에서도 손꼽히는 전투원이었고 네이트에게 중용되어 척후 임무에 투입되고는 했다.

그리고 지금껏 네이트나 아킬레스를 실망시킨 적이 없었

다. 이는 어디까지나 자신의 능력과 한계를 잘 알기 때문이었다.

능력을 잘 알기에 판단이 정확했고 한계를 잘 알기에 치고 빠지는 데에 능했다. 수많은 전장을 경험했음에도 그가 언제나 살아남았던 것은 그 덕분이었다.

한데 오늘은 달랐다. 커다란 낫을 든 사신이 눈앞에서 춤추는 것을 바라보는 기분이었다.

쿠워어어!

크아아악!

미친 듯이 광분하여 날뛰는 마수들. 눈 뜨고 코를 베인 입장이니 그럴 만도 했다. 지켜보던 루소조차 순간 어안이 벙벙해질 지경이었으니 말이다.

단신으로 마수 무리 한가운데로 뛰어들어 간 인간이 있었다. 그것만으로도 믿기 어려울 지경인데 그자는 입이 떡 벌어질 수준의 전투력으로 다수의 마수를 학살했다. 그러고는 유유히 빠져나갔다.

지켜보던 루소조차 황당할 지경인데 당사자인 마수들은 말할 것도 없을 터. 기실 루소 또한 헛것을 본 게 아닐까 싶을 정도였다.

어쨌거나 거기까지였다면 그저 황당함으로만 그쳤을 일이었다. 한데 문제는 애꿎은 자신에게 불똥이 튀게 생겼다는 것.

적을 놓친 마수들은 열불이 머리끝까지 뻗쳤다. 그리고 루소는 지나치게 놈들과 접근해 있는 상태였다.

쿠구구. 쿠구구구!

적을 찾기 위해 혈안이 된 마수들이 사방을 헤집는다. 잘 훈련된 군대처럼 조직적이던 움직임은 온데간데없고 본래의 모습 그대로 짐승처럼 날뛰기만 할 따름이었다.

루소를 찾아내는 건 시간문제일 터. 엄폐물이라 해봐야 현재 몸을 숨기고 있는 큼직한 바위가 전부였다. 가만히 있다간 조만간 들킬 텐데 그렇다고 지금 뛰쳐나갔다간 바로 걸릴 가능성이 컸다.

"빌어먹을……!"

가만히 앉아 죽기를 기다리느냐, 괜히 튀려다가 잡히고 마느냐.

어느 쪽을 택하더라도 입맛이 더럽다. 목숨까지 걸린 이상 더더욱.

쿵쿵쿵쿵……!

점점 가까워지는 발소리. 워낙 소리 자체가 큼직한지라 100m 이상 떨어진 거리임에도 귀청이 떨어질 것만 같았다.

'튀어야 한다!'

마수들의 이동 경로는 곧장 바위로 이어지고 있었다. 경로가 바뀔 가능성이 없다는 건 어린아이라도 알 사실이었다.

루소는 홱 고개를 돌렸다.

얼마 떨어지지 않은 위치. 바위 뒤편에 놓아둔 이동 수단인 기간틱 아머가 보였다.

코드 넘버 ATX-980. 모델명 모르페우스.

루소의 애마였다.

도망치는 것도 고민의 연속이었다.

이걸 타고 나갔다간 눈에 띄는 것은 확정적. 그러나 타지 않고 맨몸으로 뛰어서는 마수들의 추격을 떨쳐 내기 어렵다.

가지고 있는 개인 병기는 이온 블레이드와 포톤 블라스터(Photon Blaster)가 전부.

어지간한 중형 마수 한두 마리를 잡는 데엔 무리가 없있지만 떼로 몰려든다면 얘기가 달랐다.

쿵쿵쿵쿵!

이제 발소리는 그의 달팽이관을 뚫어버릴 만큼 가까워져 있었다.

루소는 결국 고민을 마치고서 모르페우스에 탑승했다.

"죽더라도 함께 죽자!"

쾅!

7m 높이의 바위의 윗부분에 무언가가 충돌했다. 썩은 살점과 독성 물질의 결합체인 어보미네이션 골렘이었다.

치이이익!

무서운 기세로 바위가 녹아내렸다. 바위를 녹이며 타고 내려온 산성액이 모르페우스의 정수리 위로 떨어졌다.

"큭!"

루소는 기동하자마자 조종간을 당겼다. 예열되어 있던 모르페우스는 약간의 딜레이도 없이 전방으로 몸을 날렸다.

쾅!

대지를 찍으며 착지하는 금속의 육체. 황갈색의 흙먼지가 풀썩 치솟았다. 근처에 있던 마수 모두가 그것을 보았다. 이윽고 분노와 적의가 뒤섞인 포효성이 하늘을 뒤덮었다.

구와아악!

캬아악!

놈들이 온다.

등허리를 꿰뚫리는 듯한 살기에 루소는 몸서리를 쳤다. 공포와 생존 본능이 그의 몸을 앞으로 떠미는 듯했다.

쿠구구구!

모르페우스의 발끝에 장치된 무한궤도가 회전하며 몸체를 밀어냈다. 꼬리처럼 흙먼지를 단 채 기간틱 아머가 내달렸다.

이를 추격하는 마수의 숫자는 대략 스무 마리. 놈들이 워낙 뿔뿔이 흩어져 있다는 점이 그나마 다행이었다.

파팍!

순간 거세게 흔들리는 조종석. 무언가에 직격당했다. 이윽고 디스플레이 위로 적색경보가 켜지며 경고음이 시끄럽게 울렸다.

시사이드 스콜피온이 쏘아낸 독침이 왼 어깨에 적중했다. 독액으로 인해 텅스텐 합금강이 녹아내렸다. 사실상 왼팔이 절단된 것이나 다름없는 셈.

새삼 마수들의 공격력에 치가 떨렸다.

"쳇!"

휘청거리는 사이 마수들 중 일부가 지척까지 접근했다.

플라티나 크랩이었다. 옆걸음으로나 걷는 게 주제에 그 속도가 상상을 초월했던 것이다.

"빌어먹을 게딱지 새끼들!"

모르페우스의 오른팔이 전방으로 향했다. 팔뚝과 연결되어 있는 미니건이 불을 뿜었다.

부아아악!

원래대로면 양팔의 미니건 두 정을 갈겼어야 정상.

시사이드 스콜피온의 독침에 왼팔이 망가진 게 너무나 치명적이었다.

타타타탕!

플라티나 크랩의 몸뚱이 위로 연신 불똥이 튀었다. 실로 욕지기가 나오는 방어력. 앞서 놈들을 도륙한 인간의 정체가 새삼 궁금해지는 모습이었다.

'그놈은 대체 뭐였지? 아킬레스 님이 변장이라도 하고서 나타나신 건가?'

위급한 마당이라 그런지 말도 안 되는 상상이 뇌리를 스쳤다. 그것이 현실 도피에 불과함을 깨달은 루소가 이를 악물었다.

"나는 죽지 않는다!"

쾅!

조종석 전체가 왼쪽으로 팍 기울었다. 또 하나의 플라티나 크랩이 모르페우스의 왼 발목을 절단한 것이다.

집게발에 집혔다고 잘려 나가는 발목이라니. 인류의 기술력이 무색해지는 순간이었다.

"이런 빌어먹……!"

쿵!

전방의 스크린에 플라티나 크랩이 달라붙었다. 튀어나온 두 개의 눈알이 흉물스럽게 루소를 응시했다.

"헉……!"

놈이 집게발을 들어 올린다. 꿰뚫리는 것은 기정사실. 사신의 낫이 목덜미 뒤에 와 닿는 기분이었다.

쾅!

폭음이 일었다. 달라붙어 있던 플라티나 크랩이 안에서부터 터져 나갔다.

철퍽!

스크린에 달라붙은 채 미끄러져 내리는 두 눈알. 그 뒤로 시커먼 무언가가 일렁였다.

5

'역시.'

적시운은 주먹을 거뒀다. 체내가 진탕된 플라티나 크랩은 눈알 구멍으로 체액을 쏟아내며 떨어져 내렸다.

다른 놈들도 움찔하며 몸을 돌렸다. 적시운은 다시금 전기톱에 시동을 걸려다가 관뒀다. 톱날이 빠지다 못해 걸레짝이 된 것은 둘째 치고, 마수 중 대다수가 플라티나 크랩이었기 때문이다. 내부 타격을 주는 것이 훨씬 수월할 터.

적시운은 차근차근 권격을 먹여 나갔다.

쾅! 쾅! 콰광!

권풍이 터져 나올 때마다 하나의 플라티나 크랩이 곤죽이 되어 나갔다. 마수들의 기세 또한 만만치 않았으나, 기력을 회복한 적시운의 상대는 되지 못했다.

게딱지들을 박살 낸 다음은 어보미네이션 골렘. 갖가지 종류의 사체를 억지로 붙여놓고서 썩히면 아마도 저런 괴물이 되지 않을까 싶었다.

시원하게 터뜨려 버리면 좋기야 하겠지만 독극물이 사방으로 퍼질 터. 천룡혈독공의 비호를 받는 적시운은 문제가 없겠지만 기간틱 아머에 탑승 중인 인간이 위험해질 우려가 있었다.

'사실 죽든 말든 알 바 아니긴 하지만.'

기왕 살려주기로 했으니 끝까지 책임을 지는 게 나을 터였다.

적시운은 남아 있는 염동력을 짜내어 어보미네이션 골렘을 최대한 밀어냈다.

파앙!

연이어 허공을 가르며 날아가는 낭혼권격.

공간을 격하며 날아간 권풍이 어보미네이션 골렘의 중추를 꿰뚫었다.

퍼엉!

썩은 사체 덩어리는 물풍선처럼 터져 나갔다. 독극물 체액이 닿은 대지가 삽시간에 시커멓게 썩어들어 갔다.

"큭!"

루소는 침음을 삼켰다. 지켜보기만 하는데도 간담이 서늘해지는 기분.

마수에게도, 그걸 잡는 인간에게도 소름이 끼쳤다.

적시운은 이미 다음 수순에 들어간 뒤.

남아 있는 것은 시사이드 스콜피온 두 마리. 적시운은 곧장 놈들을 향해 쇄도했다. 두 마리 모두가 반사적으로 독침을 쏘았으나 적시운의 기동력을 따라잡진 못했다.

애꿎은 방향으로 독침이 날아가는 동안 적시운은 한 놈의 꼬리를 발로 밟아 뜯어내고는 다른 놈의 몸에다 냅다 꽂았다.

케에에엑!

고통에 몸부림치는 전갈들. 조금 더 격통을 음미하게끔 두고 싶었지만 그런 여유를 부릴 때가 아니었다. 적시운은 소소한 아쉬움을 뒤로하고 두 놈 모두의 심장을 밟아 터뜨렸다.

그걸로 추격해 온 마수들은 전멸. 워낙 뿔뿔이 흩어져 있는 데다 전체적으로 생각 없이 발광 중이다 보니 나머지 놈들은 이쪽의 기척을 알아채지 못한 모양이었다.

적시운은 기간틱 아머 모르페우스의 장갑을 주먹으로 탕두들겼다.

"일단 안전한 장소로 이동해."

"……."

"어이!"

"아, 알았소."

뒤늦게 반응이 돌아왔다. 겁을 먹은 건지 뭔지는 몰라도 얼어붙어 있었던 모양. 으레 있을 법한 반응이었기에 적시운은 화를 내거나 짜증을 내진 않았다.

충분히 마수 무리와 떨어진 다음 기간틱 아머의 조종사를 내리게 했다.

대략 30대 중후반으로 보이는 남성. 외관만 보자면 아랍계에 가까웠다.

"다, 당신은 대체 누구요?"

"그건 내가 할 질문이지. 대답을 우선 들어야 하는 것도 나고."

"루소, 루소 트로스라고 하오."

"이름 말고."

"……데이브레이크의 척후조원이오. 네이트 브락시온 님의 직속 부하이기도 하오."

역시.

적시운은 속으로만 중얼거렸다. 척후조나 정찰대이리라는 것은 처음부터 예상했던바.

그렇다면 결국 둘 중 하나.

데이브레이크나 시타델 소속일 것이 뻔했다.

"무슨 놈의 척후가 그렇게 가까이에 얼쩡거리는 거야? 멀리 숨어서 망원경으로나 지켜볼 것이지."

"……."

당신 때문이잖소.

루소는 속으로만 항변했다.

사실 그 같은 베테랑이 이런 초보적인 실수를 한다는 건 말이 안 됐다. 원래대로라면 결코 마수들에게 걸리지 않을 거리를 유지했을 테지만 믿기지 않는 광경에 얼이 빠져서 미처 자리를 피하질 못했다.

물론 그런 설명을 해봤자 변명 취급을 면하기는 어려울 터. 루소로선 그저 입을 꾹 다물 수밖에 없었다.

"어쨌거나 살려주길 잘했네. 아킬레스 영감한테 적시운이 네 목숨을 살렸다고 전해."

빚을 지게 만들어서 좋으면 좋았지 나쁠 것은 없었다. 물론 어디까지나 궁극적인 목표는 황혼의 순례자이긴 하다. 적시운과 아킬레스의 거래 조건 또한 놈의 목숨이었고. 그래도 이런 자잘한 부분에서 점수를 따둬서 적시운에게 손해될 일은 없었다. 어쨌든 이것 또한 순례자를 잡는 데 큰 도움이리란 건 분명했으니까.

루소는 여전히 어안이 벙벙한 얼굴이었다.

"그러니까 당신이…… 아킬레스 님과 아는 사이라는 거요?"

"아는 사이니까 얘기를 전하라고 하지. 내 이름 말하면 다 알아먹을 거야."

"당신은 대체 누구요?"

또다시 반복되는 질문. 스스로 생각해도 멍청해 보인다는 걸 알았지만 루소로서는 질문을 할 수밖에 없었다.

동양계의 남성, 처음 듣는 이름. 그리고 홀로 수십의 마수를 도륙 내버린 기절초풍할 전투력.

모든 면에서 경악스러운 사내였다. 그 정체가 자연히 궁금할 수밖에.

물론 그의 궁금증 같은 것은 적시운이 알 바가 아니었다.

"댁이 묻는다고 내가 대답해야 하는 건 아니잖아?"

"그건 그렇소만……."

"그럼 같은 질문은 작작 반복해."

냉랭한 대답.

물론 루소가 불만을 가질 부분은 결코 아니었다. 그로서는 목숨을 구원받은 것만으로도 감지덕지였으니.

"어쨌거나 얘기 잘 전해."

할 일은 다 했고 볼일도 없다. 적시운은 미련 없이 몸을 돌렸다.

"자, 잠깐……!"

"말하지 마."

적시운이 그의 말을 끊었다.

"어차피 쓸데없는 소리일 게 뻔하고, 나는 아무 대답도 하지 않을 거니까."

"……."

적시운은 멍한 얼굴의 루소를 내버려 둔 채 걸음을 떼었다.

시우보를 펼친 그의 신형이 삽시간의 시야에서 사라졌다.

악몽인지 길몽인지 모를 꿈을 꾸고 난 기분. 루소는 한참 동안 멍한 얼굴로 적시운이 사라진 자리를 응시했다.

적시운은 일단 시타델로 복귀했다. 다시 한번 놈들과 맞붙을까 싶기도 했지만 욕심을 자제하기로 했다.

내공은 회복했다 쳐도 기력과 염동력은 완전히 바닥이 났던 것이다. 게다가 서두를 필요가 없기도 했다.

'오늘만 날은 아니니.'

안 그래도 잔뜩 약이 오른 마수들은 쓸데없는 곳에 힘을 빼고 있을 터. 그냥 내버려 두고서 내일 상대한다면 좀 더 수월할 것이었다.

잘만 하면 홀로 선발대를 전멸시킬 수 있을지도 모른다. 그러한 최상의 시나리오대로만 된다면 더할 나위 없을 것이었다.

'그 전에 우선은…….'

수집한 코어를 처리해야 했다. 기왕 할 거라면 단번에 하는 것이 좋을 터. 어영부영 다음을 기약하다간 무슨 일이 벌어질지 알 수 없는 법이었다.

코어의 에너지를 흡수하려면 필연적으로 명상 상태에 들어가야 한다. 그동안엔 무방비 상태로 노출되는 셈. 외부의 습격에 속수무책이었다. 결국 안전한 장소를 찾는 게 우선이었다.

'안전한 곳이라면 역시…….'

당장 머릿속에 떠오르는 곳은 하나뿐.

적시운은 작센의 가게로 향했다. 아지트도 나쁘진 않은 선택이겠지만, 불청객이 찾아올 가능성을 배제할 수 없었다. 무엇보다 작센은 다른 이들과 달리 꼬치꼬치 캐묻거나 잔말을 하지 않아서 편했다.

"빈방 좀 빌릴게. 아무도 들어오지 못하게 해줘."

"그러리다."

적시운의 부탁에 흔쾌히 고개를 끄덕이는 작센이었다.

그래도 혹시 몰라 방 안에 트랩을 깔기로 했다. 트랩이라 해봐야 침입자를 감전시키는 장치에 불과했지만 스턴 건 정도의 위력은 되었다.

[치밀하다 못해 빡빡할 지경이구먼.]

'어쩔 수 없잖아. 자칫하면 주화입마에 빠질 수도 있는 일인데.'

[주화입마가 뉘 집 개 이름인 줄 아는가? 명상을 방해받더라도 기혈이 살짝 뒤틀리는 게 전부일세. 애초에 그 정도로 주화입마에

는 걸리지 않네. 천마신공은 그렇게 완성도 낮은 잡술과는 격이 다르단 말일세.]

'그래도 조심해서 나쁠 건 없잖아.'

기어코 트랩을 모두 설치한 적시운이 그제야 코어를 꺼내 놓았다.

모두 정확히 52개. 해치운 마수의 숫자보다 약간 적은 숫자였다.

코어를 지니지 못한 마수가 있을 수도 있고 전투 중에 코어가 손상됐을 가능성도 있었다.

어쨌든 만족할 만한 수준의 전리품. 각각의 이온 에너지 보존량도 상당했다. 예전에 해치웠던 마스터 브레인이나 커럽티드 울프의 코어를 가볍게 뛰어넘는 수치. 그런 것이 무려 52개나 손에 들어온 것이다.

'다 먹다가 체할지도 모르겠는걸.'

절로 쓴웃음이 나왔다. 그렇다고 해서 아껴 먹는다거나 양보할 생각 따위는 들지 않았다.

[배가 터져도 좋으니 자네가 다 해치우게나.]

'그러지 말래도 그럴 생각이야.'

[후후. 이제 좀 본좌의 후계자다워 보이는군.]

두 사람은 서로를 향해 씩 웃었다.

루소는 PDA를 통해 간이 보고서를 작성해 전송했다. 사실 사안의 임팩트에 비해 보고할 내용은 없다시피 했기에 보고서를 작성하는 것 자체는 어려울 게 없었다.

루소의 보고서는 곧장 네이트에게 전달되었다. 그리고 네이트 또한 루소가 느꼈던 감정을 고스란히 느꼈다.

사실 그보다도 조금 더 골치가 아팠다.

"적시운이라고……?"

모를 수가 없는 이름이었다. 불과 하루 전, 엄밀히 말하자면 몇 시간 전에 들었던 이름이니까.

시타델의 사무국장인 조로아스터는 한 사람의 암살을 데이브레이크에 의뢰했다. 데이브레이크 측에 상당히 우호적인 조건과 함께.

"어떤 방법을 동원하더라도 개의치 않겠소. 초법적 수단이라도 환영하겠소. 수단과 방법을 가리지 않고 놈만 제거해 주면 되오."

그자에 대한 조로아스터의 악의와 적개심은 굳이 짐작할 것도 없는 수준이었다.

'한데 그자가 홀로 마수 무리를 유린한 당사자라니.'

루소의 보고에 따르면 해치운 마수의 숫자만 최소 50.

고블린이나 코볼트 같은 하급 마수도 아니었다. 개체 하나하나가 베테랑 사냥꾼에 필적하는 전투력을 지닌 놈들. 기간틱 아머를 타고도 여러 마리를 동시에 상대하기 버거운 수준이었다.

'그런 놈들 한가운데로 뛰어들어 다수를 도륙하고서 유유히 빠져나왔다고?'

사실상 데이브레이크 내에서도 그게 가능한 이는 아킬레스 한 명뿐일 터.

네이트를 비롯한 최상위 전투원이라 해도 그게 가능할지는 장담할 수 없었다.

"아니, 그건 너무 점잖은 표현이겠지."

혼잣말을 중얼거린 네이트가 쓴웃음을 지었다.

"아킬레스 님을 제외한 그 누구도 불가능할 거다."

그자의 전투력이 상상 초월이란 것은 인정할 수밖에 없었다. 게다가 루소의 보고에 따르면 그자는…….

"뭘 그렇게 보고 있나?"

아킬레스의 음성에 네이트는 움찔했다.

"몰래 들어와서 미안하군. 한데 평소엔 이 정도 일로 그렇게까지 놀라지는 않지 않던가?"

"잠시 딴생각을 하느라…… 제 불찰입니다."

"뭘 또 불찰씩이나. 어쨌든 무슨 일이라도 있나?"

"척후인 루소로부터 보고가 들어왔습니다."

"흠, 내가 좀 봐도 되겠지?"

거절한다는 게 가당키나 할까?

네이트는 군소리 없이 모니터를 아킬레스 쪽으로 돌려주었다.

"허."

아킬레스의 입가에 희미한 미소가 맺혔다. 흡족함과 호승심이 뒤섞여 있는 미소였다.

"벌써 선수를 쳤단 말이지."

6

"그자와 아는 사이이십니까?"

조심스러운 네이트의 질문. 아킬레스는 모니터를 도로 돌리며 빙긋 웃었다.

"재미있는 친구더군."

"보고에 따르면 그자 홀로 50마리 이상의 마수를 해치웠다고 합니다. 잔챙이도 아니고 하나같이 B랭크 이상, 엘리트 레벨 이상의 마수들을 말입니다."

"확실히 믿기 어려운 성과이긴 하군. 나 역시 저 정도일 거라고는 상상도 못 했지."

"그를 직접 만나보셨군요."

"음."

아킬레스는 고개를 끄덕였다.

"보고 내용은 이게 전부인가?"

"그렇습니다."

"흠."

"그자와는 어떤 관계이십니까?"

아킬레스는 팔짱을 꼈다. 민소매 티셔츠 바깥으로 드러난 삼각근이 터질 듯이 팽창했다.

"계약을 맺은 관계라고 할 수 있겠군."

"계약…… 말입니까?"

"음, 그 친구도 내게 해줘야 할 일이 있고 나 또한 그 친구에게 해줘야 할 일이 있지. 일단은 그렇게만 알아두도록."

그 이상의 설명은 하지 않겠다는 의미. 아킬레스가 저렇게 딱 잘라 말한 이상 네이트로선 더 캐물을 수가 없었다.

"자네는 뭔가 마음에 들지 않는 모양이군."

"그런 것은 아닙니다. 다만……."

"다만, 뭔가?"

네이트는 대답에 앞서 잠시 고민했다. 조로아스터와의 밀약에 대해 얘기해야 할지 확신이 들지 않았던 것이다.

하지만 이내 마음을 정했다. 그에게 있어 가장 중요한 것은 데이브레이크이며 아킬레스야말로 그 데이브레이크의 핵심이었기에.

"저 사내의 죽음을 바라는 자가 있습니다."

아킬레스의 눈동자에 흥미가 스쳤다.

"물론 그 이름도 알고 있을 테지?"

"그렇습니다."

"말해보게."

"조로아스터 안젤모, 에메랄드 시타델의 사무국장입니다."

"호오."

아킬레스의 눈매가 가늘어졌다.

"그 이유는?"

네이트는 실피드를 비롯한 전향자들의 증언 및 자체적으로 조사한 기록들, 그리고 거기에 자신의 추측을 일부분 보태어 상황을 설명했다.

"그 사내는 매카시를 쓰러뜨렸으며 오스카리나를 납치 및 회유했습니다. 아마도 백작은 그에게 마음이 기운 모양이고요. 그것이 회유의 영향이든 협박의 영향이든 간에 말입니다."

"다시 말해, 시타델의 실질적인 지배자가 되었다는 뜻이군."

"예, 그런 것치고는 도시의 일에 일절 관여하지 않고 있습니다만."

"흐음."

아킬레스는 까칠까칠한 턱수염을 만지작거렸다.

"조로아스터가 위기감을 느낄 만도 하군. 하지만 정황을 보자면 적시운의 암살을 의뢰해선 안 되는 것 아닌가? 이유야 어쨌든 군주인 오스카 백작의 뜻을 거스르는 꼴인데."

"그래서 비밀리에 제게 의뢰한 것이겠지요. 조로아스터는 오스카리나가 세뇌를 당했다고 생각하고 있습니다."

"흠."

"다시 말해 조로아스터에게 있어 그 사내, 적시운을 죽이는 것은 백작을 구하는 일이기도 한 셈입니다."

"그리고 자네는 의뢰를 받아들였고 말이지."

"예, 하지만 그와 아킬레스 님의 관계를 알게 됐으니 암살 건은 취소하겠습니다."

"그래야겠지."

아킬레스의 시선이 재차 모니터를 훑었다.

"단신으로 길드 하나에 필적할지도 모르는 사내를 죽이는 게 쉬운 일도 아니고."

"……."

"이번 일로 어느 정도 확신이 생겼네. 순례자의 죽음을 위해서라도 이 친구는 살아 있어야만 해. 다시 말해 이 친구를 해치려는 세력이나 인물은 배제할 필요가 있다는 것이지."

네이트가 나직이 고개를 끄덕였다.

아킬레스가 암시하는 바는 분명했다. 다른 이도 아닌 네이트가 그것을 모를 리는 없었다.

"아마도 별문제는 없을 겁니다. 오스카리나에게도 잘만 설명하면 될 테고, 무엇보다도……."

네이트의 눈빛이 착 가라앉았다.

"그의 죽음을 바라는 자 또한 적지 않고 말입니다."

체내의 진기를 임독양맥을 통해 한 차례 순환시키는 것을 일주천(一周天)이라 한다. 이때 가장 핵심적인 극소수의 혈도만 통과시키는 경우를 소주천, 모든 혈도를 하나의 빠짐없이 통과시키는 경우를 대주천이라 한다.

적시운의 운기조식은 대부분 소주천의 형식을 따랐다. 대체로 마음 놓고 느긋하게 기운을 돌릴 만한 여유가 없었던 데다 내공을 다루는 수준 또한 심후한 경지에는 이르지 못했었기 때문이다.

명함 좀 내밀 수 있겠다 싶게 된 것은 최근. 안정적인 기반 또한 갖추게 되어 느긋하게 시간을 투자할 수도 있게 됐다.

거기에 52개에 달하는 대량의 코어까지 손에 넣은 상황.

때문에 이번엔 크게 마음을 먹고 대주천에 들어가기로 했다.

또르르르.

꺼내놓은 코어를 한자리에 모아놓았다. 정확한 가격을 추산하긴 어렵지만, 최근 껑충 뛴 시세를 감안한다면 실로 천문학적인 액수일 터였다.

그걸 전부 소화해야 한다. 억 소리가 나오는 가격을 제외하더라도 신중해지는 게 당연한지도 몰랐다.

하지만 적시운은 담대해지기로 했다.

'어차피 널린 게 마수 나부랭이들이니 코어쯤이야 또 사냥해서 얻으면 그만이지.'

[바로 그걸세.]

기다렸다는 듯 맞장구를 치는 천마였다.

[본좌 또한 교주로서 군림하던 시절, 절세의 영약과 내단들을 아까워한 적이 없네. 물론 본좌의 천마신공은 이미 극성의 경지에 오른지라 웬만한 영약 따위로는 큰 효과를 볼 수 없었지만, 그래도 수하들에게 양보함으로써 신교의 전투력을 올리는 데 집중했지.]

'난 양보 안 할 건데?'

[그건 당연한 행동일세. 자네는 아직 성장 가능성이 충분하니 말이야. 다시 말해 약하다는 뜻이지.]

'…….'

[어쨌거나 집중하게. 보아하니 저 구슬들에 담긴 기운의 크기

가 상당한 듯하네.]

'나도 그쯤은 알아.'

적시운은 발치에 놓인 코어들을 응시했다. 반투명한 구체 안에서는 기기묘묘한 빛깔의 광점들이 올챙이처럼 헤엄치고 있었다.

살아 숨 쉬는 듯한 에너지원.

이제부터 그것을 몸속으로 받아들여야 한다.

"까짓것, 해보자고."

가부좌를 튼 적시운의 의식이 깊은 경계선 아래로 가라앉기 시작했다.

스스스스.

내공의 순환이 시작되는 동시에 방 안의 기류가 급변했다. 적시운을 중심으로 한 고요한 회오리가 만들어지는 가운데, 각각의 코어로부터 빛이 흘러나오기 시작했다.

양서류가 피부 호흡을 하듯 적시운의 모공을 통해 코어의 기운이 체내로 스며들었다.

지금부터가 진짜.

비슷한 것 같으면서도 전혀 다른 것이 내공과 코어 에너지. 그렇기에 잘못 섞이기라도 하면 예기치 못한 반응이 벌어질 수도 있었다.

물론 적시운이 그 사실을 인식한 채로 흡수를 이어가는 것은 아니었다. 그의 의식은 무의식의 영역으로 가라앉은 상태였기에. 꿈을 꾸고 있노라고 할 수 있을 터였다.

"다시 돌아올 수 있는 거, 맞지?"

신북경으로 떠나기 하루 전의 밤.

누나, 적수린의 말에 적시운은 고개를 돌렸다.

"몇 번이나 말했잖아. 그냥 중국 쪽에 파견 갔다 오는 거라고."

태연하게 대답하는 와중에도 눈치 없는 심장이란 놈이 연신 쿵쾅거린다. 적시운은 귓가를 때리는 고동 소리가 누나에게도 들리지나 않을까 노심초사했다.

"걱정되어서 그래. 너, 생긴 거랑 다르게 의외로 순진하잖아."

"무슨 말이야?"

"혹시 알아? 네가 거기서 웬 여우 같은 계집애한테 홀딱 넘어가서 살림이라도 차리게 될지."

농담인지 진담인지 모를 말. 그래도 적시운은 내심 안도했다. 누나가 크게 걱정하지 않는 것 같다는 생각에. 그리고 적수린 또한 안도했다. 동생이 눈치채지 못했구나 싶어서.

그녀는 알고 있었다. 적시운이 단순한 파견 임무를 떠나는 게 아님을. 동생이 그저 군사 기밀이라고만 밝힌 임무의 정체가 무엇인지를.

그녀에게 호의를 품고 있는 고위 간부를 통해 알아낸 사실이었다.

하지만 그걸 알면서도 그녀는 동생을 만류하지 못했다. 막내, 세연이의 목숨이 달린 일임을 알고 있기에.

"그러고 보니 중국 애들이 통은 크다고 하던데."

"그건 또 무슨 소리야?"

"우리나라에서 쥐꼬리만 한 월급이나 받고 지내느니, 차라리 그쪽에 스카우트되는 게 낫지 않을까 싶어서. 그러면 불여우가 달라붙는대도 어느 정도는 안심할 수 있겠지?"

"나 정도의 사이킥은 그 동네에도 넘쳐 날걸. 괜히 대륙이겠어?"

"원래 가진 것들이 더한다잖아. 하여간 중국 쪽에서 제안이라도 들어오면 잘 생각해 봐. 이 누나도 동생 덕에 호강 좀 해보자."

"나 중국말 못해."

"누군 할 줄 안다니? 어차피 요즘은 번역기 수준도 괜찮잖아."

시답잖은 이야기와 재미없는 농담들.

수십 년을 얼굴 맞대고 살아온 가족 사이이기에, 오히려 진솔한 대화를 나누지 못하는 것인지도 모른다.

때문에 당시에는 깨닫지 못했다. 누나가 진실을 알고 있다는 사실을.

하지만 이제는 안다. 무심한 것 같은 얼굴에 희미하게 묻어 있는 근심을, 허공을 응시하는 눈동자에 서려 있는 미안함을.

"사고 치지 말고 돌아와."

어떻게 받아들여야 할지 애매한 그 한마디는 사실 그녀의 걱정 어린 부탁이었다.

적시운은 이제야 그 사실을 알 것 같았다.

"그렇기에 돌아가야만 해."

나직이 중얼거리며 눈을 떴다. 방 안은 문자 그대로 엉망진창. 한바탕 돌풍이라도 지나갔는지 뒤집혀 있었다.

빛을 잃은 코어들이 곳곳을 굴러다녔다. 설치해 놓은 트랩들은 뒤집히거나 반쯤 부서진 채 전기를 흘리고 있었다.

"내가 한 거야?"

적시운은 마음속에 대고 물었다. 이윽고 이제는 가족만큼

이나 익숙해진 목소리가 돌아왔다.

[그렇다네.]

"사고나 문제가 생긴 건 아니겠지?"

[왜 그렇게 생각하나?]

"방 안 꼴을 보려니 그런 생각이 들 수밖에 없잖아. 게다가……."

[게다가?]

"지금까지 이런 적은 없었으니까."

이따금 명상이나 운기조식을 하는 와중에 꿈을 꾸는 경우가 있긴 했다.

하나같이 천마의 과거, 그의 기억 속에 담겨 있는 옛 풍경이었다. 적시운 자신의 과거를 본 적은 이번이 처음. 그렇기에 약간이나마 불안감이 들 수밖에 없었다.

[본좌의 추측이 반드시 옳다고는 못 하겠네만.]

천마가 진중한 어조로 말했다.

[염동력이라 불리는 능력은 천마신공과는 다른, 온전히 자네만의 힘이기에 그런 게 아닐까 싶군.]

'나만의 힘이기에?'

[어디까지나 추측일 뿐일세. 그리고 사실, 꿈이야 무얼 꾸든 뭔 상관이겠나. 목표만 달성했으면 그만이지.]

당장의 목표.

아포칼립틱 코어의 에너지를 고스란히 흡수한다.

적시운은 체내를 살펴보았다. 단전의 내공과는 별도인 대뇌 부근에서 느껴지는 친숙한 힘이 존재했다. 이전과의 비교를 불허하는 규모로.

[삼화취정이나 오기조원 같은 경지에 비할 바는 결코 아니겠네만…….]

천마는 그답지 않게 부드러운 어조로 말했다.

[제법 훌륭한 흡기 과정이었네. 뭐, 그만큼 자네의 경지가 완숙해졌다는 의미일 테지.]

"……그래."

적시운은 손을 뻗었다. 52개의 코어가 허공에 들렸다.

파삭.

두둥실 부유하던 진회색 구슬들이 순간 가루조차 찾을 수 없게 소멸했다.

"내 생각도 그래."

싱글 A랭크의 염동술사는 손을 거두며 말했다.

7

갑작스러운 감각의 변화는 이질감을 야기한다. 이는 눈이 먼다거나 귀를 먹는다거나 하는 부정적 변화뿐 아니라 그 반대의 경우도 마찬가지다.

평소 별다른 느낌을 받지 못하던 음향으로부터 거슬리는 소음을 감지한다거나, 갑작스럽게 예민해진 후각으로 인해 원치 않던 냄새를 맡게 된다거나.

지금 적시운이 느끼는 것이 그러했다.

'익숙해지려면 시간이 좀 필요하겠는걸.'

하기야 당연한 일이다.

랭크 업, 그것도 지난번과 비교도 안 될 정도의 도약을 한 셈이니까.

두 랭크 업 사이의 텀 또한 놀랍도록 짧았다. 기껏해야 한 달쯤 되었을까. 직접 경험한 일이 아니었다면 적시운 또한 믿지 못했을 일이었다.

더군다나 지난번에 의해 격차의 폭이 컸다. 능력의 증폭량이 큰 만큼 감각의 괴리감이 큰 것도 당연했다.

"축하드려요."

바로 앞에서 들려온 목소리. 적시운은 그제야 자신이 어디에 있는지 깨달았다. 작센의 가게 안이었다.

정오를 앞둔 시각에 찾아온 클라리스와 대면해 있는 상황.

어째서 정오인가 하면, 적시운이 코어 에너지를 흡수하느라 날밤을 새웠기 때문이었다.

아직까지도 약간 머리가 멍했다. 마치 지독한 숙취에라도 시달리는 것처럼. 때문에 그녀의 말뜻을 이해하는 데에도 약간의 시간이 걸렸다.

"무엇을 축하한다는 거지?"

클라리스는 입을 살짝 벌렸다가 닫았다. 적시운이 착각한 게 아니라면 한숨을 쉬려던 게 분명했다.

"제가 지금까지 설명한 내용을 듣지 않으셨군요."

"미안."

적시운은 깔끔히 사과했다. 변명하거나 둘러대 봐야 좋을 게 없었기에.

게다가 사과한다고 해서 밑질 것 또한 없었다. 어디까지나 그가 클라리스의 위에 있는 입장이지 그 반대는 아니니까.

그 점은 클라리스 역시 잘 아는바. 그녀는 예의 사무적인 얼굴로 말을 꺼냈다.

"길드 창설 신청서를 작성해 두었고, 관련 업무 또한 모조리 진행해 두었어요. 백작이 이를 통과시키면 적시운 님은 본인만의 길드를 가지게 되는 거예요."

"아."

적시운은 고개를 대강 주억거렸다.

"축하라는 게 그거 얘기였어?"

"네, 뭐 다른 기쁜 일이라도 있나요?"

"아니, 그건 아니야."

적시운은 내심 쓴웃음을 지었다. 정신을 딴 데 팔고 있다 보니 그녀가 랭크 업을 축하하려는 게 아닌가 하는 상상을 하고 말았다.

"한데 길드 창설에 있어 한 가지 문제가 남아 있어요."

"문제?"

"네, 사실 문제라는 표현은 좀 어울리지 않는 것 같네요. 절차라고 해두는 편이 낫겠어요."

"그게 뭔데?"

"가장 기초적인 사안이죠. 길드의 이름 말이에요."

"아, 그거?"

시큰둥한 적시운의 태도에 클라리스는 정색했다.

"아무렇게나 정하셔도 큰 문제는 없겠지요. 그래도 적시운 님이 책임지셔야 할 독자적인 세력이라는 걸 생각해 주셨으면 좋겠군요."

"책임이라고 하니 어째 뭔가 막막한 느낌인데."

"어렵게 생각하실 것 없어요. 저희가 해야 할 일에 대해 지시만 명확히 해주시면 되니까요."

"그 정도야 어려울 것 없지."

"여하간 길드의 이름은 신중히 생각하신 다음 결정해 주셨으면 좋겠어요. 모든 공식석상에서 쓰이게 될 이름일 테니까요."

"그래."

적시운은 턱을 괴었다.

'길드의 이름이라…….'

[천마신교.]

적시운은 그 목소리를 무시했다.

'괜찮은 이름이 뭐 없으려나?'

[천마신교.]

'튀는 이름으로 정해도 별로 좋지는 않을 것 같은데. 그렇다고 수수한 이름을 대충 붙이기는 아쉽고.'

[천마신교.]

적시운은 미간을 찡그렸다.

'여긴 당신네 나라가 아냐.'

[천마의 후계자에게 어울릴 세력의 이름은 하나뿐이네.]

'그래서, 천마신교라는 이름을 뭐라고 번역할 건데? 발음 그대로 불러봐야 무슨 제3세계 외계어인 줄 알 텐데.'

[그건 자네가 생각해야지.]

'…….'

잠시 고민하던 적시운은 마음속으로 손사래를 쳤다.

'역시 됐어. 뭐가 됐든 굉장히 어색하고 유치한 이름일 게 뻔하니까.'

[그럼 천마신교라는 이름 그대로 짓게나.]

'안 된다니까.'

두 사람은 한동안 티격태격했다. 물론 머릿속에서 벌어지는 일인지라 클라리스는 알지 못했다. 그저 시시각각 일그러지는 적시운의 얼굴을 보며 의아해할 따름.

'그렇게나 이름 싯기가 어려운 걸까? 길드 이름 같은 걸로 고민할 성격 같지는 않아 보였는데.'

의외라는 그녀의 시선에 아랑곳하지 않은 채 고민을 이어가는 적시운.

가까스로 입이 열린 것은 십 분쯤 지난 뒤였다.

"……데몬 오더(the Demon Order)."

"네?"

"길드명은 그게 좋겠어."

"……."

물끄러미 바라보는 클라리스. 적시운의 얼굴이 살짝 붉어졌다.

"솔직히 유치하지? 나도 알아."

퉁명스럽기까지 한 반응. 그답지 않은 의외의 모습이었다.

그래서일까. 클라리스는 부드러운 미소를 입에 머금었다.

"유치하지 않다고 생각해요."

"애써 그렇게 위로할 필요 없어."

"위로가 아니에요. 그것만큼은 맹세할 수 있어요."

클라리스는 식탁 위의 서류들을 들고서 일어섰다. 적시운에게 이것저것 설명하고자 가져온 것들이었다. 결국 그녀 혼자만 떠든 꼴이 되었지만.

"그럼 나머지 과정을 마치러 가 보겠어요. 보고할 일이 생기면 연락드리죠."

"그래."

가볍게 묵례를 한 클라리스가 가게를 나섰다.

적시운은 상체를 뒤로 젖혀 의자에 기대고는 손바닥을 얼굴에 얹었다.

데몬은 곧 마(魔), 오더는 곧 교단(敎團).

데몬 오더란 결국 마교를 적당히 번역한 이름에 지나지 않았다.

"이제 만족해? 고집불통 망령 같으니."

투덜거리는 적시운을 보며 천마는 웃었다.

[나쁘지 않군.]

적시운이 클라리스와 만난 것은 오전, 그러니까 마수들과 한바탕 전투를 벌인 다음 날의 일이었다.

그 한나절 동안 많은 상황이 돌변했다. 그 변화를 일으킨

요인은 적시운이었고.

우선은 길드 연합.

데이브레이크와 케르베로스, 스펙터 길드의 세 세력이 주축이 된 연합에 날벼락이 떨어졌다. 모종의 세력이 개입, 마수 군단의 선발대를 선제 타격했던 것이다. 물론 진실은 단 한 명의 인간에 의해 벌어진 것이었으나 아킬레스가 정보를 은폐하도록 지시했다. 아직 적시운에 대해서 밝힐 타이밍이 아니라고 판단했기 때문이다.

"자칫하면 스카우트 전쟁이 발발할 수도 있어. 그 친구를 데려가고자 경쟁하는 통에 연합의 결속이 깨질 수 있단 말이야."

아킬레스가 내건 이유는 지극히 합당했다. 홀로 50마리 이상의 상급 마수를 처치할 실력자를 내버려 둘 길드는 없었으니 말이다.

여하간 예기치 못한 공습으로 인해 마수 선발대가 타격을 입은 상황. 덕분에 보무도 당당히 나서서 싸우려던 길드 연합만 닭 쫓던 개꼴이 되게 생겼다.

"그게 왜 문젠데? 누가 됐든 마수 놈들만 해치우면 그만 아냐?"

"상징성이 희석되잖아. 게다가 서로 간에 불신이 생길 수도 있지. 완전한 제삼자가 개입한 게 아닌 이상, 길드들 중 하나가 맹약을 어기고서 나선 게 분명하니까."

"그럴 만한 길드가 있긴 하겠어?"

"사실상 없다고 봐야지. 데이브레이크나 케르베로스, 스펙터를 제외하면 선발대에 그 정도 타격을 줄 수 있는 길드는 없으니."

"흐음."

밀리아는 미간을 구긴 채 팔짱을 꼈다.

작센이 마련해 준 아지트 내부였다.

그녀와 헨리에타, 아티샤가 앉아 있는 가운데 프로젝터를 통해 뉴스 화면이 벽에 투사되고 있었다.

바로 어제, 예기치 못한 누군가에 의해 선수를 빼앗긴 길드 연합은 부랴부랴 출정에 나섰다. 원래 계획보다 하루빨리 시타델을 나서게 된 셈이었다.

마수 선발대를 습격한 세력의 정체는 여전히 오리무중. 때문에 그에 관한 의혹은 모조리 데이브레이크에 집중되고 있었다. 애초에 척후를 보낸 것도, 각 길드에 관련 보고를 올린 것도 데이브레이크였던 것이다.

"항간에는 자작극이 아니냐는 얘기도 떠돈대요. 데이브레이크가 선수 쳐 놓고는 시치미를 떼는 게 아니냐는 거죠."

"하긴 퀀텀 리퍼 아킬레스라면 단신으로도 마수들을 쓸어버리는 게 가능할 테니."

아티샤의 말에 호응하는 헨리에타.

반면 밀리아는 믿지 못하겠다는 얼굴이었다.

"암만 S랭크라고 해도, 설마 저것들을 혼자 상대하는 게 가능하겠어?"

"가능할걸? 그 정도는 해줘야 S랭크 아니겠어?"

"그렇게 강하면 애초에 부하고 동맹이고 다 필요 없는 것 아냐?"

"글쎄……."

어깨만 으쓱이고 마는 헨리에타였다.

"소문으로는 S랭크라 해도 지속력엔 한계가 있대요. 하루 종일 힘을 빵빵 써댈 수는 없다는 거죠. 게다가……."

아티샤가 자그만 창을 열어선 화면의 구석으로 끌어당겼다. 노인 한 명과 청년 한 명의 증명사진이었다.

"아킬레스 프레스터는 더더욱 그렇고요."

"설마 저거……."

"둘 다 아킬레스래요. 하나는 10년 전 사진이고 다른 하나는 최근 사진이고요."

나노 머신에 의한 불로장생. 얘기 자체는 헨리에타나 밀리아 또한 들은 적이 있었다.

"나노 머신 덕분에 몸이 젊어졌으니까 지속력 또한 전성기 수준을 유지해야 하는 것 아냐?"

"그렇지는 않은가 보더라고요. 오히려 나노 머신 자체가 완벽하게 입증된 물건이 아니다 보니 이래저래 허점이 많은가 봐요."

"그게 이능력에도 영향을 미쳤다는 거고?"

"네, 듣자 하니 전성기 수준의 힘을 유지하는 대신 지속력이 많이 약화됐다고 해요."

"그거, 믿을 수 있는 내용이야?"

실눈을 뜬 채 반문하는 밀리아. 아티샤는 그저 어깨만 으쓱했다.

"떠돌아다니는 소문일 뿐인지라 확언하지는 못하겠군요."

"그럼 헛소리일 수도 있다는 거잖아."

"헌터 커뮤니티에 떠도는 얘기예요. 다시 말해 어느 정도는 신빙성이 있다는 거죠."

"흥, 커뮤니티라 해봤자 어중이떠중이들만 바글거리는 곳이잖아."

코웃음을 친 밀리아가 아킬레스의 사진 파일을 닫았다.

그녀의 표정이 이내 진지해졌다.

"만약 우리 제3공격대였다면, 마수 무리에 저 정도 타격을 입힐 수 있었을까?"

"전멸을 각오하고 싸운다면 가능할지도? 노르망디를 포함해서 지원 화력까지 모조리 쏟아붓는다면 될지도 모르겠네."

"적시운 님이라면?"

순간적으로 흐르는 침묵. 세 여인이 서로의 얼굴을 돌아봤다. 안 그래도 서로 비슷한 생각을 하고 있었던 까닭이다.

"……가능할까?"

"글쎄요. 매카시와 싸우던 때와 비교하자면 어느 정도 가능성이 있을 거라고 봐요."

"저 마수 50마리가 매카시보다 약할 것 같지는 않지만……."

세 여인이 머리를 맞대는데 돌연 방문이 벌컥 열렸다. 도둑질하다 걸린 사람처럼 세 여인은 펄쩍 뛰었다.

"……또 무슨 작당을 하고 있던 거냐."

"작당은 얼어 죽을! 너야말로 인기척 좀 내고 다녀!"

빽 소리를 치는 밀리아. 그렉은 이맛살을 찌푸린 채 가지고 온 식료품을 내려놓았다. 장을 보러 나갔던 것은 아니고, 돌아오는 길에 겸사겸사 사 온 물건들이었다.

"어, 음. 화 푸세요, 그렉. 밀리아도 그쯤 하고요. 그나저나……."

급히 두 사람을 중재한 아티샤가 말했다.

"케르베로스 길드 쪽 상황은 좀 어때요?"

8

헨리에타, 밀리아, 그렉, 아티샤.

네 사람은 케르베로스 길드를 탈퇴한 상태다. 단순히 그렇게 표현하고 말 일이라 볼 수도 있겠지만 문제는 탈퇴 과정이 전혀 매끄럽지 않았다는 점이었다.

길드의 수뇌부는 네 사람, 특히 헨리에타에게 근신 처분을 내렸다. 말이 근신이지 사실상 그녀에게 휴가를 준 것이나 다름없는 셈인 것이다.

하지만 그녀는 그런 배려마저 무시하고서 독단적으로 길드를 탈퇴했다. 어중이떠중이나 가입할 수 있는 싸구려 길드라면 모를까 네오 유타주에서도 수위를 다투는 그 케르베로스 길드를 멋대로 탈퇴해 버린 것이다.

경우에 따라 보복이 이루어질 수도 있는 일. 그럼에도 헨리에타 일행에게 아무런 위해도 가해지지 않은 것은 케르베로스 길드 측의 배려라고 봐도 좋았다.

엄밀히 말하면 에스텔 라트린의 배려라고 보는 게 옳았지만.

여하간 네 사람 중 그나마 길드와 우호적인 관계를 유지하고 있는 것은 그렉이 유일했다. 몇 차례 옛 동료와 정보를 교환할 수 있었던 것도 그 덕분.

이번에도 그가 나서서 길드와 접촉을 하고 돌아온 것이었다.

"에스텔은 만나지 못했다. 아무래도 출정자 명단에 속한 모양이더군."

"정말로?"

믿기지 않는다는 표정의 밀리아. 반면 그렉은 담담한 얼굴이었다.

"놀랄 것 없는 일이다. 케르베로스 측에서도 이번 전투는 안전할 거라고 판단했을 뿐."

"하긴, 이미 전력의 4분의 1이 토막 나버렸다고 하니까요."

아티샤가 고개를 주억거리며 말했다.

"오히려 길드 간에 불이 붙지나 않을지 걱정해야 할 것 같네요. 사냥꾼은 많은데 사냥감의 수는 줄어들었으니까요."

"그리 만만한 사냥감은 아니라고 보는데 말이지."

쓴웃음을 짓는 헨리에타. 그때 적시운이 문을 벌컥 열고 들어섰다.

"어제는 어디서 뭐 했어?"

"사냥."

간략히 대꾸하는 적시운. 헨리에타는 혹시나 하여 말을 꺼냈다.

"설마 어제 마수들을 쓸어버렸다는 게……?"

"나야."

짧고 분명한 긍정.

네 사람은 숨이 턱 막히는 기분이었다.

적시운은 벽에 투사되는 화면을 힐끔 보았다. 뉴스를 통해 길드 연합의 출정 소식이 반복 보도되는 중이었다.

"저거, 이미 출발했다며?"

"응? 아, 으응. 그런데 왜?"

적시운은 바로 대답하지 않고는 방으로 들어갔다. 부엌에 엎드려 있던 비상식량이 그 뒤를 따라 들어갔다.

잠시 후 방에서 나온 적시운의 손에 들린 것은 대량의 수류탄이었다. 네 사람의 시선이 꽂히는 것을 느낀 적시운이 넌지시 물었다.

"너희도 갈래?"

"어디를?"

대답 대신 고개를 까닥여 화면을 가리킨다. 그 제스처가 의미하는 바를 모를 네 사람이 아니었다.

"우리도 저기에 끼자는 건가요?"

밀리아가 눈을 빛내며 물었다.

"끼지 못할 것도 없잖아. 우리도 엄연한 시타델 소속 길드인데."

"그새 길드 등록 수속을 끝내신 건가요?"

"오전 중에 클라리스가 마무리한다고 했으니 지금쯤 끝났겠지. 사실 끝나지 않았어도 상관없고."

"그건 그렇죠."

맞장구를 치는 밀리아. 아티샤의 시선은 여전히 수류탄에 꽂혀 있었다.

"적시운 님이라면 딱히 수류탄이 필요하진 않으실 텐데요."

"그렇긴 한데, 싸우는 김에 겸사겸사 수련 좀 하려고."

대체 어떤 수련을?

의문이 샘솟았지만 차마 물어볼 엄두는 나지 않았다.

"올리버는 어디 갔어?"

염동력 감지망을 펼친 적시운이 물었다. 밀리아나 그렉으로선 특별히 이질감을 느끼지 못했으나 감지만의 범위는 이전보다 30% 이상 확장되어 있었다.

"만날 사람이 있다고 나갔어요. 언제 들어올 거란 얘기는 딱히 없었고요."

"그럼 어쩔 수 없고. 너희는 어떻게 할 건데?"

네 사람은 서로의 얼굴을 돌아봤다.

"적시운 님을 따라간 다음은 어떻게 하면 되나요?"

"어떻게 하긴. 능력껏 마수들을 사냥하면 그만 아냐?"

그렉이 헨리에타의 어깨를 툭 쳤다. 나직이 한숨을 쉰 헨리에타가 입을 열었다.

"그게 그렇게 간단한 문제가 아냐. 이런 대규모 사냥은 대개 작전이 짜여 있게 마련이라고. 이미 각 길드에 임무가 내려졌을걸?"

마수들을 유인하는 미끼, 정면에서 진군을 막는 방패벽, 포위망을 구축해 퇴로를 차단하는 그물망, 그리고 육박전으로써 마수를 궤멸시키는 타격대까지. 대규모 마수 사냥에 있어선 대체로 네댓 가지의 역할이 주어진다.

또한 사냥 후의 전리품은 분담된 역할의 위험성에 따라 차등 지급된다.

그중에서도 알짜배기는 타격대의 몫.

가장 큰 리스크를 짊어지고 있는 만큼 당연하다면 당연한 배분이었다.

때문에 대다수의 길드는 타격대 역할을 꺼린다. 자칫하면 궤멸적인 피해를 입을 수도 있기 때문이다.

다른 역할의 경우엔 보상이 적긴 하다. 하지만 그만큼 안전하며 최소한의 이윤이 보장된다.

전투 중에 생긴 피해 및 손실액이 전리품보다 많은 경우가 결코 적지 않음을 감안하면 타격대 이외의 역할을 맡는 것은 결코 우둔한 선택이 아니었다.

'하지만 이 경우라면 얘기가 달라.'

당장 케르베로스 길드만 해도 한 주의 대표.

이와 어깨를 나란히 하는 스펙터 길드는 물론이요, 그 이상의 전력을 지닌 데이브레이크까지 가세한 것이 길드 연합이었다.

게다가 그 외의 길드들 또한 결코 보통내기가 아니었다. 하루하루 연명하는 것만으로도 벅찬 어중이떠중이들과는 질적으로 달랐던 것이다.

타격대를 맡고자 하는 길드는 넘쳐 날 터였다. 리스크를 감당할 수만 있다면 타격대가 얻을 수 있는 이득이란 다른 역할에 비해 아득히 많았으니까.

"그렇더라도 결국은 셋 중 하나가 그 역할을 맡겠지. 그만한 입김을 지닌 거물들이니까."

"셋?"

"그래. 데이브레이크, 케르베로스, 혹은 스펙터. 셋 중 하나가 타격대 역할일 거야."

"흠."

"그런 마당에 불청객이 끼어들었다간 큰일이 날걸? 마수들을 상대하기 전에 잔뜩 열 받은 인간들부터 상대하게 될 거야."

헨리에타의 경고에 적시운은 픽 웃었다.

"아마 그렇겠지."

"……!"

헨리에타는 흠칫했다. 그제야 적시운이 그 정도 사실을 모를 리 없으리란 생각이 뇌리를 스쳤다.

"당신, 무슨 계획을 꾸미고 있는 거야?"

"계획은 내가 아닌 녀석이 꾸미고 있지."

"녀석?"

적시운은 프로젝터를 조작하여 벽에 투사되는 화면을 변경시켰다.

뉴 텍사스주의 지도. 마수 무리의 이동 경로가 점선으로 표시되어 있었다.

"어제 놈들과 싸우는 와중에 어렴풋이 감지한 게 있었지."

"감지한 거라니?"

"복잡하게 설명할 필요는 없을 테니 간단히 말할게. 몰려드는 것은 지상의 200마리가 전부가 아니었어."

헨리에타의 몸이 눈에 띄게 움찔했다. 적시운의 말뜻을 파악한 그렉의 낯빛 또한 파리해졌다.

"별동대가 있다는 건가?"

"그래."

그제야 헨리에타는 적시운이 말한 '녀석'이란 게 누구인지 알 것 같았다.

'황혼의 순례자!'

"하마터면 나도 감지하지 못하고 넘어갈 뻔했지. 그럴 만도 한 게, 놈들은 너무나 깊숙한 곳에서 움직이고 있었으니까.”

“깊숙한 곳이라는 건, 설마……?”

“그래.”

적시운은 손가락을 내려 바닥을 가리켰다.

“지상 병력과 비슷한 규모의 마수들이 땅굴을 파며 이동 중이야.”

올리버는 되도록 아지트를 지키고 싶었다. 하지만 비교적 친밀한 관계였던 옛 동료의 호출을 무시할 수만도 없었다. 때문에 약속 장소에 나왔다. 그래도 대화를 질질 끌 생각은 없었다.

“가능하면 용건만 간단히 해줬으면 좋겠군. 그리 여유가 넘치는 편은 아니라서.”

“그러죠. 저도 그편이 좋아요.”

소박한 외형의 찻집. 정원과 연결되어 있는 테라스였다. 두 사람 사이에 놓인 테이블은 결코 작지 않은 크기였는데 올리버의 체구가 워낙 크다 보니 아담해 보일 지경이었다.

반대편에 앉은 흑발 여인이 사무적인 어조로 말을 꺼냈다.

“살아 있다는 얘기를 들었을 땐 깜짝 놀랐습니다.”

"누구에게서 들었지? 조로아스터인가?"

"아뇨, 저는 더 이상 오스카 백작 밑에서 일하지 않습니다."

"의외로군. 너라면 끝까지 도시에 대한 의리를 지킬 줄 알았는데."

"저도 그럴 거라 생각했죠."

여인, 실피드의 얼굴에 희미한 고통이 스쳤다.

"하지만 억울한 누명을 쓰고서 고문을 당하고 나니 생각이 바뀌더군요. 손바닥 뒤집듯이 너무나 간단하게요."

"……."

"제가 이기적인 걸까요?"

"아니, 네가 이기적인 게 아니다."

올리버는 딱 잘라 말했다.

"모든 인간이 이기적인 거지."

"당신다운 말이네요, 올리버."

"아직 본론을 꺼내지 않은 것 같은데. 설마 일 관뒀다는 얘기를 하고자 내게 연락한 건 아닐 테고."

"조금 전에 당신 얘기를 어디서 들었냐고 물었었죠? 지금 그 답을 말씀드리죠. 네이트 브락시온 님께서 제게 알려주셨습니다."

올리버의 눈매가 가늘어졌다. 꽤나 익숙한 이름이었던 까닭이다.

"데이브레이크의……?"

"그래요. 어떻게 알아냈는지는 몰라도 당신이 거주 중인 저택의 주소를 제게 알려주셨어요."

"……."

올리버는 심각한 얼굴로 턱을 괴었다.

현재 그가 묵고 있는 곳은 작센이 구해준 아지트. 그 주소를 알아낸 걸로 모자라 올리버의 생존까지 알아냈다는 게 영 꺼림칙했다. 단순히 데이브레이크의 정보력이 뛰어나다고 하기엔 미심쩍은 부분이 너무 많았다.

"어쨌든……."

실피드가 말을 이었다.

"네이트 님은 제게 한 가지 임무를 내리셨습니다. 당신을 만나 회유하라는 거였어요."

"너희들, 데이브레이크와 한패가 되라고 말인가?"

"그렇습니다."

올리버는 물끄러미 실피드를 바라봤다.

"너는 이미 그들에게 마음이 기운 모양이군."

"시타델이 주지 못한 것을 데이브레이크는 주었으니까요."

"그게 뭐지?"

"신뢰입니다."

담담히 대답하는 실피드의 표정엔 일말의 흔들림도 없

었다.

"조로아스터는 사소한 의심으로 인해 저를 포박하고 고문했어요. 애초에 이 도시에 있어 저라는 존재는 아무것도 아니었던 거예요."

"……."

"데이브레이크는 다릅니다. 제 힘을, 제 능력과 열정을 필요로 한다는 걸 느낄 수 있어요."

"네가 그렇게 느낀다면 그런 거겠지. 좋은 집단을 만나게 된 점은 축하하지."

"그렇다면……."

"하지만 네 제안은 거절하겠다."

실피드가 움찔했다.

"이쪽의 조건도 다 듣지 않고서 말인가요?"

"그래, 들어봐야 내 마음이 바뀔 리도 없으니까."

드르륵.

의자를 밀고 일어서는 올리버에겐 미련이 없어 보였다. 실피드는 그를 붙잡고자 일어서려다 멈칫했다. 붙잡아 봐야 소용없다는 사실을 깨달은 까닭이다.

결국 엉거주춤한 자세로 서게 되었다.

그 모습에 올리버가 빙긋 웃었다.

"나 또한 너와 비슷한 처지거든. 신뢰를 받고 있는지는 아직 모르겠지만.”

“다른 길드에라도 가입한 건가요?”

“비슷하다고 해두지. 아니, 길드에 가입한 게 맞다.”

엄밀히 말하면 길드의 창설 멤버가 되는 셈이었지만, 어차피 그게 그거라고 올리버는 생각했다.

실피드는 여전히 아쉬운 표정이었다.

“가능하다면 길드의 이름이라도 알 수 있을까요?”

제20장
몬스터 웨이브

1

마수를 대상으로 한 감시 체계로는 크게 두 가지가 있다.

하나는 인공위성을 이용한 관측, 다른 하나는 이능력자를 이용한 관측이다.

위성만으로도 충분함에도 이능력자가 동원되는 것은 환영이나 공간 왜곡 등의 변수 때문. 특히나 고위 마수의 비율이 높을수록 그러한 경향이 컸다.

육안 관측은 오히려 빈도가 낮은 데다 구닥다리 취급을 받는 편.

전문 척후를 지닌 데이브레이크가 특이한 것이었다.

그 이유는 물론 신중을 기하기 위함.

그럼에도 데이브레이크는 물론, 다른 길드들 또한 파악하지 못한 게 있었다.

지하 150m.

지상의 선발대와 적당한 거리를 유지한 채 이동 중인 또 하나의 마수 무리가 존재했다.

관측되지 않은 이유는 간단했다. 땅속 깊은 곳에 있으니 위성은 무용지물. 거기에 이능력 감지 체계를 무력화하는 능력까지 보유했으니 걸리지 않을 수밖에.

이것이야말로 황혼의 순례자가 배치해 놓은 비장의 카드였다. 인간 이상의 지성과 강력한 지배력을 보유한 마수만이 선보일 수 있는 한 방.

거의 모든 인간이 속아 넘어갔다. 그저 지상의 200마리 마수만이 전부일 거라고 생각한 것이다.

사실 지상의 마수 무리만 해도 엄청난 규모였으니 그렇게 여기는 것도 무리는 아니었다.

어찌 보면 마수들을 업신여긴 인간 측의 실수.

그러나 순례자조차도 모든 것을 예측하진 못했다. 인간을 넘어선 지성을 지녔다고는 하나, 그녀 또한 전지전능한 초월자는 아니었던 것이다.

모든 일엔 변수가 존재하는 법. 그리고 그 변수는 지금 헛

기침을 하고 있었다.

"그러니까, 새 길드 이름은 데몬 오더라는 거네?"

"……그래."

미적지근한 대답에 헨리에타는 고개를 갸웃거렸다.

"왜 그래? 그리 나쁘지는 않은 이름 같은데."

[거 보게. 마교야말로 최고의 이름이라니까.]

머릿속의 천마가 희희낙락하는 가운데 적시운은 흘러나오는 한숨을 애써 참았다.

"하여간 따라올 사람은 따라와. 싫다면 굳이 강요하지는 않겠다."

"무슨 말씀을 그렇게 하세요? 물론 따라가야죠."

잔뜩 신이 난 밀리아가 대검을 들고 나왔다. 나머지 세 사람도 자신들의 무기를 챙겼다.

"한데 정말 땅속에서도 마수들이 이동 중인 거라면 길드 연합 측에 알려야 하지 않을까요?"

두 정의 미니건을 짊어진 아티샤가 말했다.

"그렇기는 한데, 말한다고 그쪽에서 믿어줄지 의문이라. 그쪽에 연락할 경로도 딱히 없고."

"아킬레스 님과 계약하시지 않았던가요?"

"그 노인네, PDA는커녕 휴대폰도 없어. 아마 여기저기서 들이대는 게 귀찮은 거겠지."

"하긴 펜타그레이드쯤 되면 말이라도 섞고 싶어 안날 난 사람이 몇 트럭은 되겠네요."

"그럼 케르베로스 측에라도 알리면 어떨까?"

헨리에타의 제안에 밀리아가 그렉의 어깨를 툭 쳤다. 나름대로 살짝 친 건데도 그렉은 순간 비틀거렸다.

"이게 대체 뭐 하는 짓이냐."

"아, 미안. 근데 길드랑 연락할 사람은 너밖에 없잖아. 좀 나가서 해봐."

"해보기는 하겠다만 그쪽에서도 헛소리로 치부할 가능성이 크다. 나라고 해서 완전히 신뢰받는 입장은 아니니까."

"그러면 어쩔 수 없는 거고. 어쨌든 우리로선 할 만큼 한 거잖아?"

"……."

그렉은 케르베로스 길드의 통신 계정에 메시지를 보냈다.

적시운 일행은 작센이 마련해 준 트럭에 올랐다. 그들이 도시 입구에 도착할 때까지도 케르베로스 길드 측의 답장은 없었다.

"메시지 확인 표시가 떴음에도 대답이 없군. 아무래도 스팸 메시지 정도로 생각한 모양이다."

"멍청이들."

헨리에타가 나직이 중얼거리는 가운데 검문소의 군인들이

트럭을 가로막았다.

"현재 이곳 제타 게이트는 폐쇄되었소. 마수 토벌 때문이니 양해해 주시기 바라오."

"우리도 마수 토벌에 참여 중인 길드요."

조수석으로 얼굴을 내민 적시운이 말했다.

"길드명이 어떻게 되오?"

"데몬 오더."

"……확인되었소. 통과하시오."

클라리스가 제대로 처리한 모양. 여차하면 뚫고 나가려던 적시운은 기운을 거두었다.

남은 것은 제때 전장에 도착하는 것뿐. 서두를 필요는 없었다. 그들도 그들 나름대로의 작전을 수립해 뒀을 터.

그게 진행 중인 와중에 불청객이 끼어들었다간 괜한 오해를 살 공산이 컸다.

'결국 요점은 타이밍이라는 건데…….'

적시운은 유리창 너머를 응시했다. 트럭이 내달리는 방향으로 시커먼 먹구름이 모여들고 있었다.

마수 토벌은 규모가 커질수록 군사작전에 가까운 양상을

띠게 마련이다. 주 전력이라 할 수 있는 전투원보다도 지원 병력의 규모가 커지는 것 또한 특징이라 할 수 있었다.

지원 병력의 골자는 주로 이동 포대나 전차, 기간틱 아머 같은 기갑 전력.

대규모의 기갑 병기가 황야를 가르며 이동하는 모습은 그야말로 장관이었다.

그리고 그 상공을 유유히 날아가는 비행선들.

주 전력인 전투 요원들이 그곳에 탑승해 있었다.

"그럼 맹약에 따라, 마수들과의 서전은 우리 스펙터 길드가 맡도록 하겠소."

데이브레이이크의 기함, 오디세우스 내부의 회의실. 군사회의보다는 응접실에 가까운 외관을 지닌 방. 세 명의 사내가 탁자를 사이에 두고 앉아 있었다. 그리 작지 않은 탁자임에도 세 사내의 덩치가 워낙 크다 보니 앙증맞게 보일 지경.

연합의 중추인 3대 전력의 수장들이었다.

그중 한 명은 물론 퀀텀 리퍼 아킬레스. 그는 김이 모락모락 나는 차를 한 모금 마시고는 미간을 구겼다.

"쓰구먼."

"뭔가 문제라도 있소이까, 아킬레스 님?"

스펙터 길드의 마스터인 콜론 베이터가 애꿎은 부라렸다. 날 선 반응에 아킬레스가 손사래를 쳤다.

"아니, 정말로 이놈의 차가 써서 한 말이었네. 스펙터 길드의 서전 장식엔 아무런 불만도 없어."

"우리 또한 마찬가지입니다."

나머지 두 사람보다 최소 한 세대는 젊음직한 사내, 케르베로스의 제1공대장인 필립 프라이스가 말했다.

"오히려 스펙터 길드를 동정하고 싶어지는군요. 정체불명의 불청객으로 인해 서전의 의미가 퇴색되었으니까요."

"내가 하고픈 말이 그것이오."

콜론은 안대 속으로 손가락을 넣고는 긁적였다. 위험할 것 같아 보이는 행동인데도 그는 거침이 없었다.

"정말 그 놈팡이들에 대해 아시는 바가 없으신 겁니까, 아킬레스 님?"

정체불명의 무리가 마수 선발대를 습격. 상당한 피해를 입히고는 사라졌다.

관측을 맡은 이능력자들은 전투가 있었다는 정도만 감지할 수 있었고 위성사진 또한 기상 문제로 흐릿하게만 찍혔다.

결국 습격자들의 정체는커녕 숫사조차 제대로 파악하지 못했다. 그렇다면 남는 것은 육안 관측뿐.

유일하게 척후를 파견한 게 데이브레이크였는데 이 또한 유의미한 관측을 해내지 못했다.

콜론은 그 점에 의심을 품고 있는 것이었다.

"우리가 무엇 하러 거짓말 따위를 하겠나? 우리 쪽 척후 또한 변변한 걸 발견하지 못했네."

"일개 척후 역할에도 베테랑을 투입하는 게 데이브레이크라고 들었소만."

"베테랑이라고 해서 전능한 건 아니지."

"혹은 무능한 척하는 것일 수도 있고 말이오."

아킬레스는 슬그머니 미소를 지었다.

"우리가 스펙터를 엿 먹이려 하고 있다고 생각하나 보군."

"꼭 그런 건 아니오. 다만 정치적 이해관계에 따라 움직일 수 있다고는 생각하오."

필립 쪽을 바라보며 대꾸하는 콜론.

필립 프라이스는 나직이 한숨을 쉬었다.

"케르베로스는 스펙터와 척을 질 마음이 전혀 없습니다."

"개 주인의 생각은 다를지도 모르지. 지난번에도 우리에게 한 방 먹이지 않았던가?"

필립의 표정이 순간 싸늘해졌다.

개 주인이란 곧 엘모 라트린 후작을 가리키는 것. 개는 물론 케르베로스를 뜻했다.

"언행에 주의하십시오. 저를 폄하하는 것은 얼마든지 참을 수 있습니다만, 후작님을 욕보이는 것은 용납하지 못합니다."

"흥! 뒷구멍으로는 온갖 추잡한 권모술수를 다 부리면서 앞으로는 고상한 척을 있는 대로 하는군. 네놈들이 우리의 평판을 깎아내리는 데 혈안이 되어 있다는 것을 모를 줄 아나!"

"더 헛소리를 나불거린다면 그 혓바닥을 꿰어 이마에 박아버리겠소."

"애송이가! 어디 해볼 테면 해봐라!"

"둘 다 그만하는 게 좋겠군."

나직이 타이르는 아킬레스. 그러나 두 사람은 그 말을 무시하고서 몸을 일으키려 했다.

"앉게."

우웅!

순간적으로 척추를 타고 흐르는 전율. 죽일 기세로 몸을 일으키려던 두 사내가 움찔하여 주저앉았다.

그대로 일어났다간 몸이 꺾이고도 남았으리라.

두 사람은 본능적으로 그것을 느끼고는 몸서리를 쳤다.

'이것이…….'

'펜타그레이드……!'

두 사람 또한 상당한 강자. 콜론 베이터는 더블 A랭크의 바바리안이었고 필립 프라이스는 싱글 A랭크 변환술사였다. 한데 아킬레스의 힘에 저항할 엄두조차 낼 수 없었다. 그저 이 사내와 자신들 사이의 어마어마한 격차에 침음할 따름이었다.

"이제 좀 진정이 되었나?"

담담한 얼굴로 묻는 아킬레스. 두 사람 모두 불만 섞인 얼굴로 고개를 끄덕였다.

"우리의 적은 서로가 아닐세. 진정한 적은 지금쯤 저 먼 곳에서 비웃음을 띠고 있을 테지. 우리를, 나아가 인간을 향해서 말이야."

"……."

"우리는 놈을 죽여야 하네. 황혼의 순례자야말로 우리의 진정한 적이야. 이해하겠나?"

두 사람은 고개를 끄덕였다. 아킬레스는 한 시름 덜었다는 듯 한숨을 쉬었다.

"불미스러운 일이 생긴 것은 유감이네. 하지만 불가항력이었으니 자네가 참아주었으면 하네. 알겠나, 콜론?"

"……알겠소. 조금 전의 무례에 대해선 사과하겠소이다."

"괜찮네."

속인 쪽은 우리니까. 아킬레스는 속으로만 중얼거렸다.

"그래도 방심은 하지 말게. 비록 상당한 피해를 입었다지만 상대는 세 자릿수의 상급 마수들일세."

"알고 있소."

콜론은 자신 있게 단언했다.

"이 땅 위의 진정한 주인이 누구인지, 저 빌어먹을 괴물 놈들에게 똑똑히 가르쳐 줄 것이오."

블랙 라이트 해안과 에메랄드 시타델의 중간 지점. 이름 없는 황야에 마수들이 자리를 잡았다.

인간들이 접근하고 있음을 인식했다는 듯한 움직임.

하기야 땅을 울리는 기갑 전력의 기척을 느끼지 못할 리 없었다.

“진형이라도 짜겠다는 건가? 웃기는 놈들! 제깟 놈들이 인간이라도 되는 줄 아는 건가?”

스펙터 길드의 기함 플라잉 팬텀(Flying Phantom)의 갑판. 모니터를 통해 위성사진을 바라보는 콜론의 눈에 살기가 어렸다.

“괴물 놈들 주제에……!”

마수들은 원형 방진을 이루고 있었다. 실로 어처구니없는 모습. 직접 보지 않았다면 믿지 못했을 것이다. 그렇다고 해서 주눅 들 것은 없었다. 그래 봐야 마수는 마수. 게다가 원형진은 지금 같은 상황에선 그다지 좋은 선택이 아니었다.

“제2공격대를 투입한다. 투입 시기는 지원 부대의 사격 직후.”

케르베로스와 데이브레이크 측 비행선들이 좌우로 흩어졌다. 그들은 약속한 바에 따라 포위망을 갖추게 될 것이었다.

지상의 포병 부대가 자리를 잡고 사격 준비를 취했다. 기간틱 아머들이 곡사포 주변으로 방어진을 굳혔다.

하늘에는 먹구름이 차츰 모여들고 있었다.

2

철컥! 철컹!

이동형 박격포가 주축이 된 기갑 전력이 완전히 자리를 잡았다. 통신위성으로부터 전송된 데이터를 기반으로 발사각과 방향이 정해졌다. 길드 마스터인 콜론 베이터가 각 포대에 메시지를 전송했다.

—1차로 놈들을 쏴 갈긴 후 제2공격대가 투입될 것이다. 빌어먹을 괴물 놈들에게 네이팜의 뜨거운 맛을 보여주도록!

재래식 병기 중 하나인 네이팜탄. 이온 에너지를 기반으로 한 고폭탄에 비해 위력은 낮지만 싸고 생산하기 쉽다는 장점이 있었다. 게다가 가연성 및 지속성이 높다는 것 또한 상당한 장점이었다.

장전 작업은 빠르게 이루어졌다. 그러는 중에도 마수들은 별다른 움직임을 보이지 않았다.

—발포하라.

쾅! 투쾅! 콰광!

신호를 받은 10여 대의 박격포가 특수 네이팜탄을 허공 높이 발포했다. 무시무시한 기세로 치솟던 고폭소이탄은 마수들의 머리 위 상공에서 분열했다.

치이이익!

네이팜의 소나기가 마수들의 정수리 위로 떨어져 내렸다. 소금이 튀어 오르는 듯한 불길의 향연 속에서 마수들이 몸부림쳤다.

"먹히는군."

콜론 베이터는 씩 웃었다.

선발대 마수 무리의 태반은 플라티나 크랩. 대전차화기에 직격당해도 끄떡없는 수준의 방어력을 지닌 괴물이었다. 때문에 일반적인 고폭탄 사격은 무의미. 파편은 물론이고 직격을 당한대도 큰 타격을 입지 않을 확률이 높았다.

때문에 소이탄을 택했다. 그중에서도 특히 지속력과 화력이 높은 특수 네이팜탄을. 네이팜의 소이 작용으로 인한 고온은 물리적 타격보다도 유효할 터. 게다가 지속성이 높아 두고두고 플라티나 크랩을 괴롭힐 터였다.

소이 작용 와중에 생겨나는 호흡 차단 효과 또한 상당할 것이고 말이다.

"놈들의 진형이 흐트러집니다. 다수의 마수가 진형을 벗어나 내달리기 시작했습니다."

"조금 더 상황을 지켜본다."

오퍼레이터의 보고에 콜론이 대꾸했다. 지금 바로 공격대를 투입해도 놈들을 쓸어버릴 수도 있겠지만 신중하게 나가기로 했다.

때문에 처음으로 마수들과 근접전을 펼치게 된 건 케르베로스 길드였다. 마구잡이로 내달리던 마수들이 케르베로스 길드가 펼쳐 둔 포위망까지 다다랐던 것이다.

대부분 트리플 B랭크의 어보미네이션 골렘들. 부패한 사체의 융합체답게 네이팜 세례를 맞고는 활활 불타는 중이었다.

그럼에도 물리력은 상당한 수준. 방패벽의 맨 앞을 맡고 있던 기간틱 아머와 충돌하고는 수 m를 밀어냈다.

크과아아악!

형언하기 힘든 기괴한 포효.

강산성 체액이 묻은 기간틱 아머의 장갑이 눈에 띄게 녹아내렸다.

"빌어먹을 시체 새끼들!"

"쓸어버려라!"

드르르륵!

무자비한 미니건 세례가 어보미네이션 골렘들을 두들겼다.

폭죽처럼 터져 나가는 골렘들. 그럼에도 강인한 재생력 덕분인지 쉽사리 쓰러지지 않았다.

"몸뚱이로 밀어붙여!"

"그대로 쓰러뜨려라!"

기간틱 아머들이 정면으로 돌진해 골렘들을 쓰러뜨렸다. 뒤이어 공격대의 원거리 딜러들이 나섰다.

"나머지는 우리가 맡는다."

저격수와 변환술사가 2인 1조를 이루고 있었다. 저격수가 어보미네이션 골렘의 코어를 노려 탄환을 갈기면 변환술사는 탄환을 매개로 골렘의 몸을 이루는 성질을 변화시키는 식이었다.

사체가 주축이 된 강산성의 몸뚱이. 그 핵심인 코어를 염기화시키자 급속도로 육체가 붕괴했다.

"비료로나 써먹을 놈들."

포위망의 상황이 종료된 시점.

전장의 중앙에선 여전히 마수들이 날뛰고 있었다.

뿌드드득.

플라잉 팬텀을 발견한 시사이드 스콜피온들이 꼬리를 곤두세웠다. 전갈들 역시 네이팜으로 인해 갑각 곳곳이 녹아내린 뒤였으나 반격을 할 정도의 여력은 있었다.

파파파팍!

수십 발의 독침이 비행선을 향해 쇄도했다. 위력을 따지자면 네이팜에도 뒤지지 않는 특수 탄환. 생명체가 쏘아내는 거라고 마냥 무시할 순 없었다.

"배리어를 친다."

명령에 따라 이온 배리어가 플라잉 팬텀의 선체를 감쌌다. 독침들은 배리어를 뚫지 못하고 소멸했다.

그럼에도 사격은 계속되는 중. 마수 중 일부는 포격 부대가 있는 방향으로 내달리기 시작했다. 한 번 더 네이팜을 뿌릴 수도 있을 테지만 콜론은 더 기다리지 않기로 했다.

"나머지는 너희에게 맡기겠다. 놈들을 쓸어버리도록."

플라잉 팬텀의 하부 해치가 열렸다. 스펙터 길드의 제2공격대가 곧장 지상을 향해 강하했다. 예외가 있기는 하지만, 길드 내 공격대의 순번은 실력순으로 정해지는 게 일반적이었다.

스펙터 길드 또한 마찬가지. 제2공격대는 이름 그대로 2군이라 볼 수 있었다.

그렇다 하더라도 어지간한 길드의 최정예 공격대를 아득히 뛰어넘는 실력자들. 흔히 동급으로 취급되는 케르베로스의 2군쯤은 가볍게 능가한다는 게 콜론의 생각이었다.

"오늘 그 사실을 증명해 보이는 거다."

쿵!

가장 먼저 착지한 것은 탱커들.

기간틱 아머 등에 탱킹을 맡기기도 하는 여타 길드와 달리

스펙터 제2공격대의 탱커는 모두 인간이었다.

중세 시대에나 볼 법한 풀 플레이트 아머로 중무장한 사내들. 빈티지의 극한을 달리는 아머들은 사실 최첨단 기술력이 동원된 특수 장비였다.

마치 세쌍둥이처럼 보이는 그들은 물론 육체 강화계 이능력자들이었다.

"정의의 이름으로!"

"네놈들의 머리통을 다 날려 버리겠다!"

핼버드와 워해머로 중무장한 탱커들이 날뛰기 시작했다. 순수한 근력만으로 휘둘러진 해머 헤드가 시사이드 스콜피온의 등허리를 정확하게 후렸다.

콰직!

반쯤 땅에 처박히는 시사이드 스콜피온.

사내는 곧바로 손을 뻗어 전갈 꼬리를 움켜쥐고는 그대로 끌어당겼다.

우직, 우직. 우드드득!

상급 마수의 꼬리가 허무하리만큼 간단히 뽑혀 나왔다. 초록빛 체액이 사방으로 비산했다. 강한 부식력을 지닌 체액 몇 방울이 갑주에도 묻었으나 은색 갑주는 조금도 녹아내리지 않았다.

"슈퍼 크롬 합금으로 만들어진 갑옷이 그딴 것에 녹을 것 같으냐!"

포효하는 탱커들 위로 딜러들이 낙하했다. 낙하산을 타고 둥실둥실 내려오는 모습을 일견 한가로워 보이기까지 했다.

파파파팟!

순간적으로 방출된 다색의 빛살이 마수들의 몸을 꿰뚫었다.

레이저를 방불케 하는 광선을 쏘아낸 것은 원거리 딜러들.

소위 플라즈마이스터(Plasmeister)라 불리는 광선 사출 이능력자였다.

광속으로 발산되는 공격인 만큼 회피하거나 방어할 여유 따윈 없다. 그저 몸 자체의 방어력으로만 버티는 게 전부.

플라티나 크랩처럼 자체 방어력이 높다면 괜찮겠지만 시사이드 스콜피온들에겐 치명적이었다.

딜러 역시 그걸 알기에 전갈들만 집요하게 노렸다. 그 결과 다른 딜러들이 착지할 때쯤엔 주변의 전갈이 씨가 마를 지경이었다.

"너 혼자만 너무 재미 보는 거 아냐?"

"우리 몫도 좀 남겨두라고!"

농담 섞인 야유가 오가는 가운데 근접 딜러들이 사방으로 뛰쳐나가 플라티나 크랩과 대치했다. 일견 마구잡이로 싸우는 것으로 보일 법한 상황.

적과 아군이 마구 뒤엉킨 모습은 계획적인 사냥이라기보다는 진흙탕 싸움에 가까워질 공산이 컸다. 하지만 그 정도에 그친다면 최상위 공격대의 이름이 울고 갈 일.

일견 혼란스러워 보이는 와중에도 사냥꾼의 시나리오는 계획된 대로 흘러가고 있었다.

취이익! 취익!

탱커들의 갑옷 틈새로 분홍빛의 가스가 분사됐다.

일종의 페로몬. 마수들로 하여금 강한 성욕과 살욕을 불러일으키는 물질이었다.

순식간에 퍼진 페로몬에 의해 마수들의 눈이 뒤집혔다. 자칫하면 여러 가지 의미로 먹히고 말 터.

그러나 이들은 백전연마의 베테랑이었다. 조금도 겁먹지 않고서 자신의 역할에만 집중했다.

크케게겍!

캬악!

기괴한 포효와 함께 마수들이 몰려든다. 필연적으로 딜러들에 대한 위협이 줄어들고 딜러들은 전력으로 공격에만 집중할 수 있게 됐다.

세 탱커가 서로 등을 맞댄 채 방어에만 집중. 이를 포위한 마수들을 근접 딜러가 다시 포위한다. 그 바깥에서 원거리 딜러와 서포터, 힐러들이 포진한 채 공세를 펼친다.

"무난하면서도 확실한 방식이군요. 탱커에 대한 절대적인 신뢰가 있기에 가능한 사냥법이기도 하고요."

오디세우스의 회의실.

네이트와 아킬레스는 모니터를 통해 전투를 관람하고 있었다.

"오늘 전투는 이대로 무난히 끝날 듯합니다. 본격적인 진격 계획을 바로 수립하도록 하겠습니다."

"흐음."

긍정도 부정도 아닌 미묘한 반응.

네이트는 의아한 얼굴로 아킬레스를 바라봤다.

"왜 그러십니까?"

"애매하군, 실로 애매해."

"무엇이 말씀입니까?"

"마수 중에 이능력을 교란하는 능력을 지닌 놈들도 있지 않던가?"

"그건……."

물론 그런 놈도 더러 존재하긴 했다. 사실 널려 있지 않을 뿐이지 희귀하지도 않은 수준이었다.

"설마…… 아킬레스 님의 감지력도 교란당했을 수 있다는 말씀입니까?"

"불가능한 일은 아니지. 텔레포터의 감지력이란 습자지 같은 거거든. 광활하지만 섬세하지는 않아."

광범위한 공간에 영향을 끼치는 성질을 지닌 만큼 디테일 측면에선 떨어질 수밖에 없다. 애초에 범위와 디테일, 두 가지를 모두 취한다는 것부터가 상식적으로 말이 안 되는 일이었고.

때문에 S랭크의 아킬레스가 있음에도 데이브레이크는 따로 레이더 대용 이능력자를 두고 있었다. 물론 수장 격인 아킬레스에게 감지 임무나 맡길 수도 없다는 이유도 있기는 했지만.

여하간 아킬레스의 감지력이라 하여 전지전능하진 않다. 그것은 레이더 대용 이능력자들도 마찬가지.

'하지만……!'

그들의 감지 능력마저 뛰어넘은 뭔가가 있단 말인가?

네이트는 쉽사리 납득하기 어려웠다. 위성사진만 봐도 알 수 있는 일이지만, 최소 반경 10㎞ 이내엔 그 어떤 특이점도 존재하지 않았던 것이다.

그때 아킬레스가 벌떡 일어섰다. 심각하게 굳은 얼굴을 하고서.

"지상이 아니야."

"예?"

"순례자는 교활한 놈이지. 여느 인간보다도 치밀하고 간교한 놈이야. 그 누구보다 그걸 잘 아는 내가 이런 실수를 하다니."

대체 무슨 말이냐고 물으려던 네이트가 멈칫했다. 뒤늦게 그 또한 한 가지 사실을 깨달은 것이다.

"설마……!"

꿈틀.

전조는 발아래로부터 왔다.

그것을 가장 먼저 눈치챈 이는 제2공격대의 서포터였다.

"뭐야?"

처음엔 단순한 진동이라고 생각했다. 대량의 중형 마수가 날뛰는 중이니 땅이 들썩일 만도 하다고 생각했다.

한데 아니었다. 그저 진동뿐이라면 발바닥이 들썩 위로 들리지는 않을 터였다.

무언가가 바닥을 뚫고 튀어나왔다. 두더지라도 나타났나 하는 실없는 생각도 잠시. 서포터는 그것이 일종의 촉수임을 깨달았다.

"헉!"

뒤로 물러나려 하는 와중, 돌연 서포터가 딛고 있는 땅이 거짓말처럼 쑥 꺼졌다.

"으아아악!"

갑작스레 생겨난 싱크홀 안으로 서포터가 추락했다. 구멍의 벽면에 달린 톱날 같은 이빨들이 서포터의 몸을 삽시간에 갈아버렸다.

쿠구구구!

이윽고 '그것'이 하늘을 향해 치솟았다.

화면을 노려보던 네이트가 이를 악물었다.

"그레이트 샌드웜!"

3

콰과과과!

대지를 뚫고 나온 초대형 환형동물.

원통형의 몸체로부터 어마어마한 양의 모래가 쏟아져 내렸다. 입속으로 직행해 버린 서포터는 저항 한번 못 하고 갈려 버렸다.

그나마 공격대원들이 거리를 벌리고 있었기에 망정이지 한데 몰려 있었다면 삽시간에 떼죽음을 당했으리라.

"크윽!"

플라즈마이스터가 방향을 전환해 레이저를 날렸다. 그러나 시사이드 스콜피온을 가볍게 분해하던 광선도 샌드웜의 거대한 몸통을 뚫고 들어가진 못했다.

그레이트 샌드웜은 한동안 정지해 있었다. 그러나 그 사실에 안도하는 이는 아무도 없었다. 놈이 무얼 하려는지 알고 있기 때문이었다.

"촉수를 방출하려 한다! 모두 조심해!"

메인 탱커가 다급히 소리쳤다. 그러나 겹겹이 쌓인 마수들 때문에 당장 행동에 나설 수가 없었다.

샌드웜 계열 마수들의 특수 행동 패턴. 몸통 곳곳에서 촉수를 방출하여 선풍기 돌리듯 사위를 쓸어버린다. 촉수 하나의 무게가 수백 kg에 달하는 만큼 방어하는 것은 사실상 불가능하다.

가장 좋은 대처법은 촉수의 범위 바깥으로 피하는 것이었다. 하지만 그럴 여유가 없었다. 이미 샌드웜은 지하에서부터 촉수 방출을 준비하고 있었다.

"엎드려!"

비명에 가까운 메인 탱커의 외침.

그레이트 샌드웜이 촉수를 사출했다.

휘이이잉!

소규모의 토네이도가 발생했다. 샌드웜이 촉수를 방출하는 동시에 몸을 회전시킴으로써 생겨난 돌풍이었다.

촉수에 닿은 것은 바위든 마수든 예외 없이 분해되었다.

미처 피하거나 엎드리지 못한 인간들도 사정은 마찬가지. 엎드렸음에도 풍압에 휩쓸린 이들 또한 같은 운명을 맞이했다.

죽음의 폭풍이 황야를 휩쓸었다. 샌드웜이 모습을 드러낸 후 30초도 지나지 않아 벌어진 일이었다.

쾅!

콜론 베이터가 벽을 후려쳤다. 화면을 노려보는 그의 눈알은 당장에라도 튀어나올 것만 같았다.

"으아아아!"

분노와 경악이 뒤섞인 포효가 플라잉 팬텀을 뒤흔드는 동안, 오디세우스는 반대로 얼음장 같은 침묵에 휩싸여 있었다.

그 찰나의 시간 동안 샌드웜에 대한 조사 정보가 완료됐다.

모니터에 떠오른 메시지를 네이트가 읽었다.

"조금 전 일으킨 풍압을 분석한 결과…… 놈은 최소 에픽 레벨 마수로 추정됩니다."

A랭크로 모자라 에픽 레벨.

사실상 별도의 이름을 지니지 않은 마수 중에선 최상위권이라 할 수 있었다.

'황혼의 순례자는 저런 괴물까지 조종하여 부리고 있다.'

네이트는 아득한 낭떠러지로 추락하는 기분이었다. 기록상으로도 순례자는 괴물 중의 괴물이었지만 현실로 맞닥뜨리니 그 이상이란 생각마저 들었다.

"내가 가야겠군."

아킬레스가 자리를 박차고 일어섰다. 네이트가 황급히 그의 손을 붙들었다.

"안 됩니다! 순례자와 싸우기 전까진 최대한 힘을 비축하셔야 하잖습니까?"

"싸우기도 전에 연합이 박살 나면 그게 다 무슨 소용인가?"

"지원 요청도 받지 않은 마당에 참전하는 건 콜론 베이터의 자존심에 스크래치를 내는 일입니다."

"자존심 따위가 다 뭔가! 지금 멍하니 있다간 공격대뿐 아니라 포위망까지 분쇄될 것이야!"

파르르륵!

순간 다수의 검은 물체가 화면을 가득 채웠다. 그레이트 샌드웜이 뚫고 나온 구멍으로부터 대량의 무언가가 솟구쳐 오른 것이다.

"킬러 호넷!"

땅굴을 파고 이동할 수 있는 동시에 비행까지 가능한 초대형 땅벌. 전투력 자체는 시사이드 스콜피온과 비슷한 수준이지만 패턴의 다양성을 감안했을 때 체감 난이도는 훨씬 높은 마수였다.

그런 킬러 호넷 수십 마리가 상공으로 솟구쳐 올랐다.

"비행선들을 노리려는 건가?"

과연 킬러 호넷 무리는 상공 100m 높이에서 둘로 나뉘었다. 절반은 스펙터 측 비행선들을 향해, 나머지 절반은 후방에서 대기 중인 오디세우스를 향해 날아들었다.

"배리어를!"

네이트가 다급히 명령을 내렸지만 늦은 뒤였다. 대부분의 킬러 호넷이 배리어의 범위 안으로 들어와 버렸다.

"내가 나가도록 하지."

"아킬레스 님!"

"일단은 저 벌 떼부터 처리할 것이야. 샌드웜의 처리는 일단 네 말대로 스펙터 측에 맡겨보도록 하지."

물론 미덥잖다 싶으면 언제든 개입하겠지만.

그러한 뒷말이 생략된 것만 같았다. 어쨌거나 이것이 타협안. 네이트로서도 그 이상 아킬레스를 말릴 재간이 없을 듯했다.

"알겠습니다. 그래도 혹시 모르니 투입용 부대를 편성해 두겠습니다."

"음."

짤막한 반응과 함께 아킬레스가 사라졌다.

아광속의 텔레포트. 이미 그는 오디세우스 바깥으로 이동했을 터였다.

네이트는 양 뺨을 손바닥으로 찰싹 때렸다. 얼얼한 느낌과 함께 냉정이 되돌아오는 느낌이었다.

"네놈들 뜻대로는 안 될 거다, 괴물 새끼들아."

우우우웅!

희끄무레한 푸른 광점을 중심으로 벌 떼가 윙윙거리며 비행한다. 등불 주변을 날아다니는 부나방 같은 모습.

그러나 위태로운 쪽은 부나방이 아닌 등불이었다.

파파파팍!

킬러 호넷의 엉덩이 끝으로부터 벌침들이 발사됐다. 기본적으로는 시사이드 스콜피온과 같은 형태의 공격. 차이가 있다면 투사체의 속도가 느린 대신 연사력은 높다는 점이었다.

지상의 시사이드 스콜피온들 또한 사격에 합세했다. 조금 전 샌드웜이 촉수 방출을 할 때 용케 땅을 파고 들어가 회피한 놈들이었다.

파파파팡!

공중과 지상, 양쪽으로부터 쇄도하는 독침 세례.

기함 플라잉 팬텀의 배리어가 차츰 약화되기 시작했다.

그 와중에 지상 병력은 거의 궤멸된 상태. 샌드웜의 특수 패턴을 너무 가까이에서 허용했다는 게 치명적이었다.

"빌어먹을 놈들!"

콜론 베이터는 분노 속에서 계기판을 후려쳤다. 예기치 못한 일격에 상황이 송두리째 뒤집혔다는 걸 도저히 인정할 수가 없었다.

데리고 온 병력은 제2공격대와 제3공격대뿐. 닭 잡는 데 소 잡는 칼까진 쓸 필요가 없다는 계산이었지만 지금으로선 피눈물이 날 것 같은 오판일 따름이었다.

"동료들을 구출해야 합니다. 저희를 보내주십시오."

제3공격대장이 다가와 요청했다. 다급함과 공포, 경악과 걱정이 뒤섞여 있는 얼굴. 아마 콜론의 얼굴 또한 크게 다르지는 않을 터였다.

콜론은 애써 냉정을 유지한 채 오퍼레이터를 돌아봤다.

"데이브레이크나 케르베로스 쪽에서는 연락이 없었나?"

"예, 독자적인 행동에 나서긴 했지만 기껏해야 자기방어 정도입니다."

고맙기까지 한 무관심이었다. 사실 무관심이라기보다는 스펙터 측의 체면을 봐주는 것일 터였다.

"배리어의 상태는? 앞으로 얼마나 버틸 수 있을 것 같나?"

"지금 같은 공세가 계속된다면 길어야 3분이 최대입니다."

"지상의 전갈 새끼들을 쓸어버린다면? 벌 떼만 상대한다고 쳤을 시엔 얼마나 버틸 수 있지?"

"10분까지는 어떻게든 가능할 것 같습니다."

"좋아."

콜론은 결심 어린 얼굴로 제3공격대장을 돌아봤다.

"3공격대는 나와 함께 강하한다. 공격대 지휘는 내가 할 테니 너는 일단 부공대장의 역할을 수행하도록."

"알겠습니다."

콜론이 다시 오퍼레이터에게 말했다.

"내가 신호하면 해치를 열어라. 두 번째로 신호하면 하부 배리어를 치우고."

"하지만 길드장님, 그 경우엔 전갈들의 독침 세례에 고스란히 노출됩니다."

"그건 걱정 마라."

지휘관용 의자로 걸어간 콜론이 팔걸이 옆의 버튼을 눌렀다. 의자의 측면이 활짝 열리며 큼직한 전투 도끼가 튀어나왔다.

도끼를 쥔 콜론의 눈빛이 번뜩였다.

"내가 처리할 테니."

"제기랄!"

후방 지원 부대의 포병들이 분통을 터뜨렸다. 통신 장비를 통해 들어오는 정보는 하나같이 절망적인 것뿐이었다.

그레이트 샌드웜과 킬러 호넷 군단의 등장.

제2공격대는 예기치 못한 기습에 궤멸 직전.

플라잉 팬텀은 파상 공세에 시달리는 중.

지원하고 싶어도 현실이 허락하지 않았다.

명령이 없는 것은 둘째 치고 공중의 마수들을 타격할 만한 마땅한 방법이 없었다.

네이팜 세례를 뿌린다고 해도 킬러 호넷의 기동성이라면 충분히 피할 수 있을 터. 게다가 플라잉 팬텀이 피해를 입을 가능성도 컸다.

지상에 뿌리기도 애매한 게, 아직 제2공격대의 생존자가 남아 있을지도 몰랐다.

결국 이러지도 저러지도 못한 채 전전긍긍하는 상황.

한데 그 와중에 먼지구름을 꼬리처럼 달고서 내달리는 차량이 있었다.

"저건 또 뭐야?"

지원 부대와 얼마 떨어지지 않은 위치.

그저 지나가는 길이라는 듯 유유히 내달리는 트럭 한 대.

원래대로라면 차량 타고 쫓아가 멈춰 세워야 했다. 군사작전이 진행 중이니 들어가선 안 된다고 설명해야 했다. 하지만 다들 넋이 나간 상태였기에 그저 멍하니만 바라볼 따름이었다.

말리려 해봤자 통하지 않았을 테지만.

지상을 초토화시킨 샌드웜은 잠시 좌우로 몸을 흔들었다.

마치 장난감 스프링이 우쭐거리는 듯한 모습. 그러나 어느 누구도 그 광경에서 익살을 느끼지 못했다.

놈이 사태를 관망한다. 어느 쪽으로 가야 할지 가늠하는 걸지도 모른다.

제2공격대의 메인 탱커는 이를 악물고서 땅을 짚었다. 그러고는 땅을 짚어야 할 팔이 하나뿐이라는 사실에 쓴웃음을 지었다.

'정말 목숨만 겨우 건졌구나.'

슈퍼 크롬 플레이트 아머.

휘황찬란한 이름을 지닌 특수 갑주의 이름이었다.

에픽 등급 장비인 만큼 그 가격 또한 천문학적 수준이었고 비싼 값을 충분히 하는 든든한 동지이기도 했다. 그가 목숨을 건진 것은 오롯이 그 덕분일 터.

그럭저럭 괜찮은 수준의 갑옷을 입었더라면 이미 죽고도 남았으리라.

하지만 지금은 그 사실에 안도감을 느낄 수가 없었다. 어차피 죽을 목숨이 몇 초에서 몇 분쯤 연장된 것에 지나지 않았기에.

쿠구구구……!

플라잉 팬텀의 아래쪽으로 화염이 번뜩였다. 콜론 베이터 전용 병기인 인페르노 액스(Inferno Axe)가 내뿜는 푸른 불길이었다.

레전더리의 바로 아래 등급인 에픽 레벨 전투 도끼.

슈퍼 크롬 플레이트 아머와 등급이 같지만 상세한 등급은 보다 높은, 에픽 레벨 중에서도 최상위권의 병기였다. 그 정도라면 킬러 호넷들을 뚫고서 강하하는 것도 가능할 터.

하지만 과연 샌드웜에게도 통할지는 의문이었다.

우르르르.

샌드웜이 꿈틀댈 때마다 대지가 미칠 듯이 요동쳤다. 몸체는 일반적인 놈들과 크게 다르지 않았지만, 놈이 내뿜는 특유의 오라는 문자 그대로 격이 달랐다.

'펜타그레이드의 힘이 필요하다.'

길드의 자존심을 따질 때가 아니었다. 자칫 여기서 콜론마저 당한다면 길드의 존속 자체가 위태로웠다.

하지만 말 한마디 뱉을 여력이 나지 않았다. 뱉을 수 있다고 한들 콜론을 설득할 방도도 떠오르지 않았고.

스스스스.

몇 가닥의 촉수가 탱커를 향해 다가들었다. 각각의 촉수의 첨단에서 자그만 눈동자가 눈을 떴다.

"크……!"

이를 악물고는 하나뿐인 주먹을 꽉 쥐었다. 죽게 되더라도 최후의 한 방 정도는 먹일 각오였다.

부르르릉……!

대형차 특유의 배기음이 아련하게 들려온 것은 그때.

촉수들의 시선이 그 방향으로 쏠린 순간.

부아아앙!

요란한 파공음이 탱커의 귓가를 때렸다. 이윽고 거짓말처럼 촉수들이 눈앞에서 잘려 나갔다.

제2공격대의 메인 탱커는 자신의 두 눈을 비비고 싶었다.

"……전기톱?"

4

부우우웅!

기함 오디세우스는 검은 벌 떼에 둘러싸여 있었다. 보호막을 펼치기 전 타이밍을 노려 파고들어 온 킬러 호넷 무리는 사방으로 날뛰며 침을 쏟아냈다.

드드드득!

초합금 장갑마저 녹여 버리는 위력. 게다가 기동성까지 뛰어나다 보니 비행선의 방어 포탑만으로는 잡기가 곤란했다. 자칫하면 기함이 격추될 수도 있다.

아킬레스가 오디세우스의 바깥에 나타난 것은 바로 그때였다.

휘이이이!

상공 1㎞의 고도에서 몰아치는 바람은 무지막지했다. 잘 단련된 인간의 몸이라 해도 태풍 속의 낙엽처럼 날아가 버릴 수준이었다.

그러나 그 바람도 아킬레스에게 닿지는 않았다. 맹렬한 기류는 펜타그레이드의 바로 앞에서 실개천처럼 갈라져선 유순히 흐를 따름이었다.

킬러 호넷들이 아킬레스를 발견했다. 절지동물 특유의 겹눈에 수천 개의 인간의 상이 맺혔다.

좌르르륵!

물벼락이 쏟아지듯 벌 떼가 아킬레스를 향해 쇄도했다. 잘 훈련된 병사처럼 질서정연하면서도 파괴적인 움직임. 단순히 순례자의 명령만 듣는다고 해서 나올 수 없는 기동이었다.

'필시 놈들을 지휘하는 개체가 있을 것이다.'

마수 중 상당수는 지구상에 존재하는 동물과 흡사한 형태 및 성향을 지녔다. 이는 놈들이 단순히 이세계에서 나타난 괴물 무리가 아니라는 주장의 근거이기도 했다.

킬러 호넷 또한 그런 마수 중 하나. 모티브가 된 동물은 물론 땅벌, 혹은 말벌이었다.

놈들의 특징은 페로몬을 통한 지휘 체계. 우두머리가 분비하는 물질에 의해 정교하고 규칙적인 기동을 하는 게 가능했다.

'우선은 그놈부터!'

대규모로 힘을 발휘해 한꺼번에 쓸어버리는 것은 어렵지 않다. 하지만 그 경우 근접해 있는 오디세우스가 타격을 받을 가능성이 있었다.

이제 전쟁이 시작됐을 뿐인데 기함이 치명타라도 입어서는 곤란하게 될 터. 되도록 깔끔하게 끝낼 필요가 있었다.

"후……."

아킬레스는 지그시 눈을 감았다. 시각을 차단함으로써 다른 감지 능력을 극대화하기 위함이었다.

명경지수와 같은 정신.

그 은은한 수면에 하나의 파문이 일어났다.

"찾았다."

아킬레스는 빙긋 웃었다.

다음 순간, 그는 우두머리 킬러 호넷의 몸통 위에 서 있었다.

무언가가 올라탔다!

그 사실을 깨닫자마자 우두머리가 몸을 뒤집으며 수직 활강했다. 다른 킬러 호넷들이 우두머리의 페로몬에 이끌려 뒤를 따랐다.

파드드득!

네 겹의 날개가 미칠 듯이 퍼덕였다. 맹회전하는 선풍기의 팬보다도 날카롭고 위협적인 날개.

그런 것이 양쪽에서 활개를 치는데도 아킬레스는 태평했다.

몸통 위의 인간을 떼어낼 수 없다.

그 사실을 깨달은 우두머리가 다른 성분의 페로몬을 뿌리려 했다. 주변의 수하들로 하여금 인간에게 벌침을 분사하게끔.

자신도 죽게 될 터. 그것을 알면서도 강행한다는 것은 찬사를 보낼 만했지만…….

"이미 늦었다."

퍽!

우두머리 킬러 호넷의 머리통이 터져 나갔다. 꼬리 끝의 독침을 대뇌 한가운데로 텔레포트시킨 결과였다.

휘이이이.

활공이 아니라 그저 추락할 뿐인 우두머리. 그 순간 이미 아킬레스는 놈의 몸뚱이를 먼 방향으로 텔레포트시켰다.

푸드드드득!

수십의 벌 떼가 맹렬히 그 뒤를 따랐다. 수하들에겐 우두머리 수준의 지성이 없는 듯, 그저 페로몬에 이끌려 날아갈 따름이었다.

덕분에 오디세우스와 충분히 멀어졌다. 아킬레스는 허공에 뜬 채 벌 떼가 뭉쳐 있는 방향으로 손을 뻗었다.

"하나가 되어라."

광범위 텔레포트가 이루어졌다. 벌 떼의 중심, 하나의 점을 향하여.

상하좌우 1미터의 입방형 공간. 그 한정된 공간 안으로 49마리의 킬러 호넷이 동시 텔레포트됐다.

최대한 구겨 넣어봐야 두세 마리가 겨우 들어갈 법한 공간에 그 수십 배가 중첩된 것이다.

그 결과 이루어진 것은 고밀도의 압축. 마치 프레스 머신으로 찍어 누른 것처럼 벌들이 짜부라졌다. 본래의 형체를 도저히 찾을 수 없게끔.

푸확!

대량의 체액이 허공에서 터져 나왔다. 찢기고 짓눌리고 부러지고 부스러진 킬러 호넷 뭉텅이가 바닥으로 떨어져 내렸다.

"흠."

아킬레스는 펼쳤던 손바닥을 주물럭거렸다. 오랜만에 대량의 능력을 행사한 탓인지 손이 살짝 저렸다.

"네이트가 또 잔소리를 하겠군."

심각하다고 할 정도는 결코 아니었다. 그저 가벼운 후유증일 뿐. 앞으로의 전투에 영향을 미치지는 않을 것이다.

"그러니……."

그레이트 샌드웜까지 처리하리라.

아킬레스는 그렇게 마음먹었다.

스펙터가 못 미덥진 않았다. 하지만 상황이 상황인 만큼 그들에게만 일을 맡겼다간 추가적인 피해가 발생할 게 뻔했다. 차라리 구해준 다음 항의든 뭐든 듣는 게 나을 터. 적반하장이라고 한마디 쏘아붙여 줄 수도 있을 것이다.

"음?"

아킬레스는 멈칫했다. 샌드웜을 향해 다가드는 한 줄기의 먼지구름을 보았기 때문이다.

아킬레스는 S랭크 이능력자. 예지 능력이 있는 건 아니라지만 대번에 상황을 이해할 정도의 감지력쯤은 보유하고 있었다. 트럭의 정체도, 그것에 타고 있는 이의 정체도.

"일이 재미있게 돌아가는군."

그렉은 멍한 기분이었다.

트럭의 운전대는 그가 쥐고 있었다. 트럭은 그레이트 샌드웜과 500m 가까이 떨어져 있었고 바퀴를 타고 오른 먼지 속에서 맹렬히 질주하는 중이었다.

다시 말해 아직 샌드웜에게 도달하진 않았다는 것.

그리고 바로 옆의 보조석엔 조금 전까지만 해도 적시운이 앉아 있었다.

지금은 아니었지만.

트럭으로부터 발사된 한 줄기 섬광은 삽시간에 샌드웜에게 도달, 하나하나가 통나무 굵기인 촉수들을 분해해 버렸다.

"핸들 틀어!"

뒤쪽에서 들려오는 밀리아의 외침.

그렉의 눈에도 트럭 쪽으로 날아드는 촉수의 파편이 들어왔다.

"젠장!"

거칠게 핸들을 틀자 트럭이 미끄러져선 두어 차례를 회전했다. 아직까지도 꿈틀거리는 촉수 파편이 아슬아슬하게 스쳐 지나갔다. 그사이 샌드웜은 잘려 나가지 않은 촉수들을 한 방향으로 뭉쳤다.

둘레가 족히 20m는 됨직한 거대한 촉수가 만들어졌다.

"큭!"

제2공격대의 메인 탱커가 침음을 흘렸다. 저런 것이 휘둘러진다면 이 일대가 쓸려 나갈 것이 분명했다.

"가만히 있어. 죽기 싫으면."

그 와중에도 뚜렷이 들려오는 목소리. 침착하다 못해 태평하기까지 한 음성이었다.

메인 탱커는 두 눈을 비비고 앞을 보았다.

비교적 선명해진 시야 속에 들어오는 것은 평범한 체구의 사내 한 명이었다.

흑발의 동양인. 그 이상의 특징은 찾아볼 수 없었다. 들고 있는 무기가 전기톱이라는 게 가장 큰 특징이라 해야 할 정도.

전기톱 위로 희미한 아지랑이 같은 게 일렁이고 있었지만, 그게 뭔지는 알 수 없었다.

'이온 에너지? 아니, 그것과는 다른 것 같은데…….'

동양인이 다시 차분한 어조로 말했다.

"그냥 죽은 것처럼 엎드려 있어. 차라리 그편이 가장 안전할 테니."

"다, 당신은 대체 누구요? 어디 소속이지?"

"소속 같은 건 없어."

짤막하게 대꾸한 사내가 이내 미간을 찌푸렸다.

"알았다니까. 하여간 그놈의 잔소리는."

"……?"

"데몬 오더 소속이다. 알아두려면 그렇게 알아둬."

처음 듣는 이름이었다. 메인 탱커는 여전한 의문 속에서 동양인을 바라봤다.

"엎어져 있으라니까."

동양인이 손을 내밀었다. 메인 탱커의 몸이 무언가에 떠밀린 듯 뒤로 넘어갔다. 그것이 염동력이란 것쯤은 어렵잖게 알 수 있었다.

'염동력자라고? 하지만…….'

쿠아아아아!

샌드웜이 토해낸 기괴한 포효에 상념이 중단됐다. 시커먼 그림자가 머리 위로 드리웠다. 놈이 휘두른 촉수 뭉치였다.

"크……!"

정확히 머리 위로 떨어진다. 이대로 멍청히 있다간 그대로 깔려 죽을 터.

그 순간 예의 파공음이 재차 터져 나왔다.

부아아앙!

메인 탱커는 눈을 질끈 감았다. 살점이라고도 하기에도 미묘한 피육이 톱날에 의해 갈려 나가는 소리가 흉물스럽게 울렸다.

콰즈즈즈즉!

대량의 액체가 머리 위로 쏟아졌다. 끈적끈적하고 역겨운 냄새의 액체는 분명 그레이트 샌드웜이 쏟아낸 체액이었다.

쿠쿠쿠쿠!

땅이 울리고, 마수는 비명을 지르고, 전기톱 소리가 맹렬히 터져 나오는 마당. 세상의 모든 혼돈이 이곳에 집중된 것만 같았다.

쾅!

대지가 들썩였다.

얼마 떨어지지 않은 위치에서 대량의 모래가 솟구쳤다. 머리 위로 드리우던 그림자가 완전히 사라졌다. 초대형 촉수 뭉치가 잘려 나간 것이다.

전장의 대다수가 그 광경을 목도했다. 가장 가까이 있던 메인 탱커만이 상황을 제대로 보지 못한 셈이었다.

"저놈은 대체 뭐냐!"

콜론 베이터가 경악성을 터뜨렸다. 조금 전에야 미칠 듯이 달려드는 킬러 호넷 무리를 겨우 전멸시킨 참이었다. 그의 애병인 인페르노 액스의 도끼날엔 킬러 호넷의 살점과 체액이 덕지덕지 묻어 있었다.

벌 떼를 해치우는 데에만도 상당한 시간을 소요했다. 이래서는 샌드웜을 제때 치기 어렵다는 생각에 미칠 것만 같은 와중이었다.

제2공격대 또한 이미 전멸했으리라 생각했다. 그로 인해 머릿속이 백짓장처럼 하얘져 있기도 했다.

한데 그게 아니었다. 누군가가 그들 대신 샌드웜에게 맞선 것이다. 막아서는 걸 넘어 반격을 가해 놈의 촉수들을 잘라

내기까지 했다.

처음엔 그게 아킬레스일 거라 생각했다. 그에게 도움받았다는 생각에 자존심이 종잇장처럼 구겨질 것만 같았다.

한데 그것도 아니었다. 샌드웜의 초대형 촉수 뭉치마저 잘라내고서 우뚝 선 이는 흑발의 청년.

아킬레스가 결코 아니었다. 콜론은 그 사실에 안도해야 할지 화를 내야 할지 알 수 없었다.

그래서 절충안을 택했다. 지금 상황에서 가장 자연스러운 반응을 보이기로.

그래서 마음껏 경악했다.

"단신으로 샌드웜의 촉수를 죄다 잘라냈다는 건가!"

[자네는 다름 아닌 본좌의 후계자일세. 천마의 후계자라면 마교의 이름을 꺼냄에 있어 일말의 부끄러움도 가져선 안 되네. 알겠는가?]

적시운은 어이가 없어 웃었다.

전장 전체의 시선이 집중되어 있으며 모두의 신경이 샌드웜에 쏠려 있는 마당에, 정작 당사자는 이런 잔소리나 듣고 있다니.

우습기 짝이 없는 일이었다.

"그래서, 저 괴물 놈을 본 감상은 어때?"

[구워 먹으면 평생 먹어도 모자랄 것 같구먼.]

"……기껏 꺼내는 소감이란 게 그런 거야? 다리 달린 건 의자 빼고 다 먹는 작자들이라더니만……."

[저것이 바로 자네 세계의 영물이 아닌가? 저런 영물을 그냥 썩게 두는 건 천벌 받을 일이지.]

"영물은 무슨. 그냥 빌어먹을 이계에서 온 괴물 새끼들일 뿐이야. 거기에 방사능까지 잔뜩 묻어 있는."

[그나저나 놈이 도망치려는 것 같네만.]

과연 샌드웜은 자신이 파놓은 구멍 속으로 몸통을 끌어당기고 있었다.

적시운은 지체 없이 놈을 향해 쇄도했다.

하지만 그것은 페이크.

샌드웜은 돌연 스프링이 펴지듯 전방으로 쇄도했다.

쩌억 아가리를 벌리는 샌드웜. 놈은 삽시간에 적시운을 덮쳐서는 그대로 집어삼켰다.

5

"아앗! 안 돼!"

비명을 내뱉는 밀리아. 그녀뿐 아니라 전장에 있는 대다수가 조금 전 일어난 일을 목격했다.

일행이 탄 트럭은 크게 원을 그리며 샌드웜과의 거리를 유지했다. 이 이상 가까이 갔다간 놈의 공격권에 접어들 위험이 있었다.

적시운과 함께라면 모를까 그게 아닌 이상은 몸을 사려야 했다.

"어쩌지? 시운 님이 먹혀 버렸어!"

살짝 갈라지는 밀리아의 음성에 그렉은 미간을 팍 구겼다.

"그거, 정말 걱정되어서 떠드는 건가?"

"뭐야? 그럼 넌 아무렇지도 않아?"

"그렇다."

"……피도 눈물도 없는 인간."

"너는 뇌세포가 없는 모양이군."

"뭐야?"

그렉은 브레이크를 밟았다. 짐칸으로 이어지는 후면 창에 밀리아의 철썩 달라붙었다.

"야! 운전 좀 똑바로 해!"

그렉은 밀리아를 무시한 채 헨리에타에게 물었다.

"어떻게 하는 게 좋을 것 같나. 보아하니 이쪽은 우리가 낄 판이 아닌 것 같은데."

"역시 그렇지?"

헨리에타는 창 너머로 보이는 그레이트 샌드웜을 올려다봤다. 적시운을 삼킨 샌드웜은 승리의 포효라도 지르듯 하늘을 향해 직립해 있었다.

"뭐, 어차피 우리가 맡기로 했던 건 처음부터 잔챙이들이었으니까."

그녀의 시선이 플라잉 팬텀 쪽으로 향했다.

오디세우스 쪽 킬러 호넷 무리는 아킬레스가 싹쓸이한 직후. 플라잉 팬텀 쪽도 상당수 소탕되었지만, 그래도 제법 많은 숫자가 남아 있었다.

"저쪽을 돕는 것이 자연스러운 수순이겠지, 아마?"

"저들은 스펙터 길드다."

"나도 알고 있어."

물론 그렉이 단순히 알려주려는 의도로 그런 말을 한 것은 아니었다.

스펙터 길드와 케르베로스 길드는 견원지간. 게다가 스펙터의 길드 마스터인 콜론 베이터는 매우 다혈질적인 인물이었다.

예고도 없이 난입한 외부 길드가 돕겠다고 나서 봐야 역효과만 날 게 뻔했다.

"그러니 저쪽은 저들이 알아서 하게 두자. 콜론 베이터도

얼치기는 아니니 킬러 호넷쯤은 처리할 수 있을 거야."

헨리에타는 다시 그레이드 샌드웜 쪽으로 시선을 돌렸다.

"우린 저쪽을 맡자."

"샌드웜을 잡자고?"

밀리아의 반문에 헨리에타는 고개를 저었다.

"사냥이 아냐. 저기에 널브러져 있을 공대원들을 구하자는 거지."

"아."

"전투가 아닌 구출 활동이니 나중에 문제가 생기지도 않을 거야."

"겸사겸사 샌드웜도 때려잡는다면 좋겠지만, 역시 그건 무리겠지?"

"놈의 공격을 피해 다니는 것만으로도 버겁겠지."

"좋아. 그렉! 일단 트럭을 최대한 가까이 놈에게 붙여봐."

"명령하지 마라."

그렉은 나직이 투덜거리면서도 샌드웜 쪽으로 트럭을 몰았다.

헨리에타는 방수포를 씌워 놓은 짐칸 천장으로 올랐다. 착 달라붙도록 엎드린 그녀는 옆구리의 저격 소총에 탄환을 장전했다.

쿠오오오!

직립해 있던 그레이트 샌드웜이 돌연 포효성을 토했다. 이윽고 기역 자로 몸을 꺾고는 바람개비처럼 한차례 회전했다.

콰아아아!

지극히 단순한 동작일 뿐인데도 광풍이 터져 나왔다. 헨리에타는 왼팔로 얼굴을 가린 채 휘몰아치는 모래바람을 버텼다.

휘리리릭!

채찍을 휘두르는 듯한 소리가 들려왔다. 분명 촉수를 사출하는 소리. 적시운이 대부분 잘라 버렸음에도 여전히 적지 않은 수가 남아 있었다.

네댓 가닥의 촉수가 트럭을 향해 쇄도했다. 필시 샌드웜이 트럭을 인식한 것이었다.

"후우."

낮게 심호흡한 헨리에타가 소총을 견착했다. 흔들리는 트럭 위인지라 겨냥이 버거웠다. 그래도 그녀는 초인적인 자제력과 집중력을 발휘하여 촉수를 겨누었다.

타앙!

방아쇠를 당기는 손가락엔 거침이 없었다.

대물 저격용 탄환은 모래폭풍을 가르고 날아가 촉수를 후렸다.

퍼억!

끊어지거나 꿰뚫리진 않았다. 촉수의 거죽을 살짝 파고든 게 전부. 그래도 타격이 없진 않았는지 촉수가 크게 뒤쪽으로 휘어졌다.

그사이 그렉이 트럭을 틀었다. 물러나지는 않되 횡 방향으로 이동하며 틈을 노리겠다는 움직임.

쿠구구구!

촉수만으론 안 되겠다 싶었는지 그레이트 샌드웜의 본체가 대지를 기어 나가기 시작했다.

"어떻게든 해치우겠다는 거군."

나직이 중얼거린 그렉이 뒤쪽을 향해 말했다.

"이렇게 된 이상 놈을 유인해야겠다. 너는 떨어져서 생존자를 찾아봐라."

"나한테 명령하지 마시지?"

그렇게 투덜거리면서도 밀리아는 짐칸 밖으로 향하고 있었다.

커브를 돈 트럭은 샌드웜에게 등을 보인 채 달렸다. 헨리에타는 몸을 반대로 돌려 재차 촉수들을 겨냥했고, 짐칸에서 내린 밀리아는 트럭과 정반대 방향으로 달렸다.

샌드웜은 그녀를 무시한 채 트럭을 추격했다.

"어리석은……!"

콜론 베이터가 혀를 차며 중얼거렸다. 기세 좋게 등장해선 샌드웜의 촉수 대부분을 잘라낸 이름 모를 헌터는 결국 놈에게 먹혀 버리고 말았다. 그리고 그 사내와 동료로 추정되는 이들은 샌드웜에게 쫓기는 중.

놈을 유인하는 것 같기도 했으나 결국 뒤쫓기는 것에 불과했다.

'먼저 죽은 녀석이 메인 딜러였겠지. 그가 살아 있는 상태에서 샌드웜을 공략했다면 승산이 있었을지도 모르지만…….'

샌드웜의 아가리 속은 세탁기와 비슷했다. 차이점이라면 그 원통형 공간 내부에 톱날 같은 이빨이 끝없이 박혀 있다는 점이었다.

내부로 삼켜진 먹잇감은 그 톱날 이빨에 갈가리 찢긴다. 그리고 강산성 액으로 가득 찬 만 리터 부피의 위장으로 떨어진다.

살아나올 수 없는 지옥. 그 사내는 이미 죽었으리라.

"결국 놈을 해치우는 건 내 몫이란 거지."

콜론은 힐끔 오디세우스 쪽을 보았다. 퀸텀 리퍼라는 위명에 걸맞게 삽시간에 킬러 호넷을 쓸어버린 아킬레스였으나,

그 이상의 움직임을 보이진 않고 있었다.

이 전투를 마지막까지 스펙터 길드에게 일임하겠다는 뜻.

콜론이 바라는 바였다. 그가 돕겠다고 나섰다면 샌드웜을 처치하기에 앞서 데이브레이크와 멱살잡이부터 한판 했을 것이다. 그것이 콜론 베이터라는 사내였다.

"내가 저 지렁이 새끼를 맡겠다. 너희는 땅벌들을 해치운 다음 바로 합류하도록!"

명령을 내린 콜론이 인페르노 액스를 등허리에 찼다.

그의 보좌관이 화들짝 놀랐다.

"길드장님, 보조 하나 없이 홀로 가시는 건 위험합니다!"

"내가 걱정되걸랑 얼른 해치우고 따라오기나 해!"

꾸우우웅!

콜론의 양 허벅지가 순간적으로 팽팽해졌다. 육체 강화형 클래스, 바바리안의 고유 능력인 머슬 빌딩(Muscle Building)이었다. 순간적으로 강화된 근육은 평소의 수십 배에 달하는 근력을 육체에 부여한다. 일반적인 뜀뛰기가 협곡을 단번에 가로지르는 도약으로 돌변하는 것이다.

그리고 콜론은 더블 A랭크 바바리안. 평상시의 근력부터가 인간이 아닌 마수에 가까운 레벨이었다.

깜짝 놀란 보좌관이 황급히 물러났다. 가까이 있다간 튀어 오른 파편에 다칠 위험이 있었기에.

쾅!

포탄이 터지는 듯한 굉음을 뒤로한 채, 콜론의 육체가 수백 m의 공간을 가로질렀다.

쐐애애액!

흡사 시위를 떠난 화살과 같은 기세. 사실 비행체의 무게와 형태 및 기세를 감안한다면 화살보다는 포탄에 가까웠다. 그 끄트머리엔 날카로운 도끼날이 도사리고 있었지만.

"흐읍!"

공중에서 한차례 회전한 콜론의 양손은 인페르노 액스를 굳게 쥐고 있었다.

궤도는 거의 정확했다. 그대로 날아간다면 그레이트 샌드웜의 몸통을 찍어버리게 될 터.

하지만 샌드웜도 호락호락하지 않았다. 돌연 몸을 치켜들더니 땅을 후려쳤다.

콰앙!

풀썩 치솟는 어마어마한 양의 모래.

순간적으로 모래의 방벽이 만들어졌다. 콜론의 돌격을 염두에 둔 대처였다.

"쳇!"

콜론은 혀를 찼다. 하지만 공중에서 방향을 선회하거나 속도를 늦출 방법은 없었다. 그저 충돌하는 것만이 답이었다.

퍼억!

인페르노 액스가 모래 방벽을 양단했다. 하지만 반대편으로 뚫고 나왔을 때의 기세는 상당히 약해져 있었다.

샌드웜은 그러한 콜론을 향해 몸뚱이를 휘둘렀다.

쾅!

질주하는 산맥과 충돌한 듯한 묵직함.

콜론은 방망이에 맞은 야구공처럼 튕겨져선 땅바닥에 비스듬히 처박혔다.

"크윽!"

콜론이 초인이라면 샌드웜은 초생물. 자체 질량만도 수만 배가 차이 나다 보니 충격량은 실로 어마어마했다.

샌드웜 또한 살짝 휘청거렸다. 사실 그것만으로도 대단한 성과라 볼 수 있었다. 일개 인간이 거대한 마수를 휘청거리게 한 것이니까.

정작 콜론은 조금도 만족할 수 없었지만.

"빌어먹을 놈."

모래 장벽만 없었어도 양단했을 것을.

그렇게 속으로 뇌까리는 콜론이었다. 물론 실제로 그러했을지는 알 수 없었지만.

촤르르륵!

샌드웜이 재차 촉수를 뻗었다. 콜론은 피 섞인 침을 퉤 뱉고는 인페르노 액스를 움켜쥐었다.

"타앗!"

두 다리를 꼿꼿이 딛고는 있는 힘껏 풀스윙을 했다. 앞서 그가 땅볼처럼 튕겨져 나갔다면 이젠 그가 홈런을 갈겨줄 차례였다.

퍼억!

인페르노 액스가 촉수를 후려쳤다. 도끼날은 촉수의 거죽을 가르며 파고들었다. 하지만 완전히 양단하기엔 무리였다.

중간쯤 파고들다가 멈춰 버린 도끼날을 보며 콜론은 흠칫했다.

"뭣……?"

반쯤 잘렸으나 양단되지는 않은 촉수가 그대로 콜론의 옆구리를 후렸다.

"크으……!"

악다문 잇새로 선혈이 흘렀다. 단 일격에 갈빗대가 두어 개는 부러진 듯했다.

콜론은 몸을 틀며 바닥을 굴렀다. 멍청히 버티려 했다간 촉수에 휘감길 우려가 있었다.

그 와중에도 머릿속은 혼란스럽기 짝이 없었다.

'내 전력이 담긴 일격으로도 잘라내지 못했다는 건가?'

콜론은 여러 차례 샌드웜을 사냥해 본 경험이 있었다. 사실 황야에서 가장 자주 마주치는 대형 마수가 그레이트 샌드웜이었던 것이다.

그레이트 샌드웜의 평균적인 등급은 A랭크. 일반적인 그레이트 샌드웜의 촉수는 콜론의 전력이 담긴 강격을 버티지 못했다.

이는 엘리트 레벨 또한 마찬가지. 다소 버겁긴 해도 결과적으로 잘라내는 것이 가능했다.

'한데 통하지 않았다.'

결론은 하나. 놈이 최소 에픽 레벨이라는 것.

사실 전투 돌입 직전의 스캐닝에서도 놈이 에픽 레벨이라는 추정이 나왔었다. 하지만 콜론은 그게 잘못됐다고 생각했다. 그 사내, 전투에 난입한 이름 모를 애송이가 촉수를 날려버리는 것을 보았기에.

놈의 실력과 별개로 샌드웜의 전투력이 추정치보다 낮을 거라 지레짐작했다. 하지만 그게 아니었다. 놈은 분명 에픽 레벨 마수였다.

'그럼 그 애송이가 나보다……?'

우득!

시큰한 느낌에 콜론은 전율했다. 발목뼈가 압축기에라도 끼인 것 같은 느낌. 어느새 땅속에서 촉수 한 가닥이 튀어 나와 그의 발목을 휘감은 뒤였다.

"크!"

어찌 대처하기도 전에 몸뚱이가 뒤집힌 채 허공에 들렸다. 샌드웜은 북어를 두들기듯 콜론의 몸을 수차례 땅에 패대기쳤다.

"커억!"

콜론은 삽시간에 피투성이가 되었다. 더블 A랭크 강화 능력자의 육체도, 대형 마수의 힘 앞에선 무력했다.

"콜론 님!"

킬러 호넷 무리를 정리한 스펙터의 길드원들이 달려오고 있었다. 그러나 아직 샌드웜과는 거리가 제법 되었다.

샌드웜이 아가리를 쩍 벌렸다. 콜론을 그 안으로 떨어뜨리려는 게 분명했다.

죽음이 임박한 순간.

파앗!

돌연 샌드웜의 아가리 속에서 시커먼 무언가가 폭사되었다.

6

뿌드득. 뿌드드득!

마수의 육체는 일반적인 생물의 그것과는 다르다. 비슷한 체적과 질량을 지닌 경우에도 피육의 견고성은 어마어마한 차이가 난다.

하물며 A랭크, 에픽 레벨의 그레이트 샌드웜이라면 말할 것도 없는 것. 어지간한 대전차 화기로도 육체에 타격을 주는 게 불가능했다.

뿌드드득. 뿌득!

한데 그 육체가 비틀리고 있었다. 비틀리다 못해 찢기고 있었다.

맹렬히 회전하는 톱날 안쪽에서.

부와아악!

흑색 칼날이 샌드웜의 거죽을 뚫고 나왔다. 내부로부터 꼬치처럼 꿰뚫린 그레이트 샌드웜이 사방으로 몸을 틀며 요동쳤다.

콰광, 콰과과광!

크게에엑!

몸통이 땅을 후려칠 때마다 세계가 뒤집히는 듯했다. 부상자들을 수습하던 헨리에타 일행은 몸을 제대로 가누지 못해 바닥에 착 달라붙었다. 제법 떨어져 있는 그들조차 이럴 정도니 샌드웜과 붙어 있다시피 했던 콜론 베이터는 말할 것도 없었다.

"크으윽!"

불행 중 다행은 발목을 붙들고 있던 촉수에서 풀려났다는 것.

콜론은 무언가를 할 생각 자체를 하지 못한 채 필사적으로 바닥에 엎드렸다.

치이이익!

봇물 터지듯 쏟아져 나온 진녹색 체액이 근처로 떨어졌다. 체액이 묻은 바위가 아이스크림처럼 녹아내렸다. 강산성의 위액임이 분명했다.

다시 말해, 위장 속에서부터 샌드웜이 찢겼다는 것.

부아아앙!

폭주하는 전기톱의 굉음이 샌드웜의 비명 사이로 들려왔다.

으직! 으지지직!

샌드웜의 몸통 중앙을 뚫고 나온 흑색의 기운. 그것은 이윽고 놈의 아가리를 향해 치닫기 시작했다.

샌드웜은 그대로 일직선으로 잘려 나갔다.

푸확!

놈의 아가리 바깥으로 무언가가 튀쳐나왔다. 사실 무언가라기보다는 누군가라고 불려야 할 대상이었다.

척.

세계가 요동치는 가운데 흔들림 없이 착지하는 한 명의 인간.

그 애송이였다.

"……!"

콜론은 두 눈을 부릅떴다. 그저 잡아먹혔다고 생각했던 흑발의 동양인이 아무 일도 없었던 양 전기톱을 휘휘 털고 있었다.

필시 위장까지 들어갔었을 텐데 몸에는 위액을 비롯한 어떠한 체액도 묻지 않았다. 그것까진 배리어가 있다면 가능한 일. 역시 경악스러운 것은 샌드웜을 반으로 갈라 버린 전기톱이었다.

'레, 레전더리 등급의 무기라도 되는 건가?'

콜론이 입을 쩍 벌리고서 경악한 가운데 적시운은 전기톱을 대강 던져 놓았다. 안 그래도 모터 쪽에서 연기가 흘러나오고 있었다. 천마검기를 씌워두어 톱날이 상하진 않은 대신 모터 쪽에 과부하가 걸린 모양이었다.

"당장은 더 쓸 일도 없겠지."

케에에엑!

샌드웜의 비명이 적시운의 목소리를 뒤덮었다. 상체라 할 만한 부분이 싹 반으로 갈라졌는데도 놈은 여전히 목숨을 유지하고 있었다.

먹혔을 때는 살짝 당황했지만 그뿐. 놈의 이빨과 위액은 적시운에게 타격을 주지 못했다. 식도를 타고 내려가는 동안에도 놈이 미친 듯이 날뛰는지라 어지럽기는 했지만.

"토하는 줄 알았네."

나직이 투덜거린 적시운이 그레이트 샌드웜을 향하여 땅

을 박찼다.

사실상 사후 경직 단계에 들어간 상태.

전투는 끝났다.

그렇다면 굳이 어기적거릴 필요는 없을 터. 코어만 찾고서 떠날 생각이었다.

샌드웜의 코어를 찾는 일은 어렵지 않았다. 최소 A랭크의 아포칼립틱 코어가 내뿜는 에너지는 마치 어둠 속에서 홀로 불타는 횃불 같았다.

요동치며 발광하던 샌드웜의 움직임이 차츰 잦아들었다.

풍랑 속의 배처럼 뒤흔들리던 대지에 고요가 찾아왔다.

적시운은 둔덕 같은 살점을 한동안 헤집은 뒤에야 코어를 빼낼 수 있었다. 워낙 몸체가 거대하다 보니 코어도 거죽 아래 수 m 깊이에 묻혀 있었다.

그러는 동안 콜론 베이터가 몸을 일으켰다. 만신창이가 된 몸뚱이와 복잡하게 일그러진 얼굴로.

적시운은 그에게 눈길 하나 보내지 않았다. 그대로 떠나려 하자 콜론이 황급히 소리쳤다.

"멈춰라!"

그 목소리 또한 무시했다.

이를 악문 콜론이 몸을 날려 적시운의 앞을 가로막았다.

"멈추라고 했다."

적시운은 위아래로 콜론을 훑었다.

"감사 인사라면 됐어. 어차피 댁을 구하려고 뛰어든 것도 아니니."

"큭!"

이를 악문 콜론의 얼굴에 노기가 어렸다. 적반하장 격의 반응에 적시운도 나직이 혀를 찼다.

"네놈이로군."

콜론은 알겠다는 표정으로 말했다.

"어제 저 마수 놈들을 습격했던 게 말이다. 바로 네놈이었어. 아닌가?"

"그렇다면 어쩔 거지?"

"네놈은 연맹의 조약을 어겼다. 그게 의미하는 바를 알고 있나?"

"내 덕분에 너와 네 부하들이 목숨을 건졌다는 건 알고 있지."

정곡을 찔린 콜론이 입술을 깨물었다.

"네놈의 도움이 없었어도 샌드웜을 해치울 수는 있었을 것이다."

"지금의 몇 배는 됨직한 사상자를 내고서 말이지. 고작 지렁이 한 마리를 잡기 위해 부하들을 사지로 내몰고 싶었다는 건가?"

"사냥터에서 죽는 것은 모든 헌터의 운명이다!"

"그래서 어쩌라고? 목숨을 살려줬다는 이유로 복수라도 하겠다는 거냐?"

"크윽!"

콜론은 이를 악물었다. 이러니저러니 해도 이 동양인 덕택에 목숨을 건진 것은 사실이었던 것이다.

이 전투로 인해 그와 스펙터 길드는 망신살이 뻗칠 대로 뻗쳤다. 황혼의 순례자가 이끄는 마수 군단과의 첫 전투를 화려하게 장식하는 데 실패한 것은 기본이고, 나아가 제삼자에게 구원받는 붙잡힌 공주 신세로 전락하고 말았다.

이 얼마나 창피하고 치욕스러운 일이란 말인가? 케르베로스와 더불어 북미 제국의 중부를 주름잡던 스펙터 길드가 한낱 웃음거리 따위로 전락하다니!

"아킬레스 프레스터인가? 네놈과 그가 작당하고서 날 엿먹이기로 한 것이냐?"

"대체 뭔 개소리야? 계속 헛소리를 할 거라면 딴 사람을 찾으셔."

눈살을 찌푸린 적시운이 콜론을 지나쳐 걸어갔다.

안 그래도 최악의 기분에 무시까지 당하자 콜론은 눈에 뵈는 게 없어졌다.

"멈추라고 했다!"

그가 적시운의 어깨를 움켜쥐려 했다. 그러나 다음 순간,

콜론은 위아래가 뒤집힌 채 허공에 붕 떠 있었다.

"뭣……?"

우당탕 넘어져 바닥을 뒹구는 콜론. 적시운이 간단한 금나수로 그를 낚아채 엎어버린 것이었다.

"크윽!"

벌떡 일어난 콜론이 인페르노 액스를 꺼내 쥐었다. 그것을 본 적시운은 순간적으로 얼이 빠졌다.

"생명의 은인에게 도끼질을 하겠다는 거군. 이거 완전히 미친놈일세."

"닥쳐라! 네놈이 아킬레스와 필립과 짜고서 나를 엿 먹이려 한 게 아니더냐!"

"그 얘기는 간과하고 넘어갈 수가 없군."

갑작스레 끼어든 중후한 음성. 비교적 차분한 태도의 적시운과 달리 콜론은 홱 소리가 날 정도로 급하게 고개를 돌렸다.

"아킬레스 프레스터!"

"개인적으로 자네에게는 실망했네, 콜론 베이터."

"하! 나를, 스펙터 길드를 함정으로 몰아넣은 주제에 말인가?"

"함정으로 몰아넣다니 그게 무슨 소린가?"

"샌드웜과 킬러 호넷에 대한 이야기는 한마디도 없었잖소! 출진 날짜도 예정보다 이틀이나 앞당겨졌고!"

"땅굴을 파고 접근 중인 마수들까지 관측하지는 못했네. 출진일이 당겨진 것은 변수가 발생했기 때문이고."

"펜타그레이드쯤 되는 자가 그것도 몰랐다고? 그 말을 곧이곧대로 믿으란 말인가?"

"펜타그레이드는 신이 아닐세. 우리에게도 엄연한 한계가 존재하네."

"하! 고작 그 정도로 변명이 될 거라 생각하는 건가?"

"그래서, 자네는 내가 이 모든 상황을 만들었다고 주장하고 싶은 건가?"

"그야 뻔한 것 아닌가! 일부러 우리를 함정으로 몰아넣고, 당신의 수하를 투입해 결정적인 순간을 가로챘지! 우리 스펙터 길드는 천치, 머저리로 만들면서!"

아킬레스의 표정이 딱딱하게 굳었다.

"내가 그래야 할 당위성이 있다고 보나?"

"이유야 여럿이겠지! 그 계집애 같은 필립 놈과 작당을 했을 수도 있고, 모종의 이유로 우리 길드를 몰락시킬 필요가 있었을 수도 있지! 아닌가?"

전형적인 인지부조화 현상. 현실을 곧이곧대로 받아들이지 못한 채 자신의 망상에 맞추어 상황을 왜곡하고 있었다.

"가련한 친구로군. 그 알량한 자존심이 그토록 소중하단 말인가?"

"닥쳐라!"

"닥쳐야 할 쪽은 자네일세."

아킬레스에게서 스산한 살기가 흘러나왔다. 얼굴이 벌게진 채 고래고래 소리 지르던 콜론이 순간 움찔했다. 넘어선 안 될 선을 넘어버렸다. 그 사실을 뒤늦게나마 깨달은 것이다.

"우선 한 가지부터 분명히 하지. 나는 자네에게 변명을 해야 할 입장이 아니야. 자네 또한 내게 윽박지를 입장이 아니고."

"큭……!"

"지하로 이동해 오는 마수들을 발견하지 못한 것은 나와 데이브레이크의 실착일세. 그 점은 인정하지. 하지만 그 사실이 내가 자네에게 굽히고 들어가야 하는 이유가 되진 못하네."

아킬레스는 준엄한 태도로 말을 이었다.

"마수와의 전쟁은 예의 차리는 다과회 따위가 아닐세. 언제 어디서 변수가 생길지 모르고 그 어떤 개 같은 상황과 직면하게 될지 알 수가 없지. 그것이 전쟁이고 싸움일세. 그렇지 않던가?"

"……."

"자네의 실패 원인을 타인의 부덕으로 돌리지 말게. 한 집단의 수장으로서 자부심을 지니고 있다면 실패와 패배 또한 겸허히 받아들여야 하네."

덜그렁.

콜론의 손끝에서 흘러나온 인페르노 액스가 바닥을 굴렀다. 그는 고개를 푹 숙인 채 아무 말도 꺼내지 못했다.

적시운은 다시 걸음을 옮겼다. 잠시 붙들고서 얘기라도 할까 했으나 아킬레스는 그러지 않기로 했다. 콜론으로 하여금 괜한 오해를 하게 만들 필요는 없었기에.

나중에 따로 얘기 좀 하세.

적시운이 걸어가는 방향의 모래벌판 위로 문장 하나가 만들어졌다가 사라졌다. 적시운은 아킬레스에게만 보이게끔 살짝 고개를 끄덕였다.

"괜찮은 거야?"

트럭 쪽에 도착하자마자 헨리에타가 물었다. 적시운은 어깨를 으쓱하고서 조수석에 앉았다.

"샌드웜을 해치웠고 코어도 손에 넣었지. 이 정도면 충분히 성공적인 사냥 아니겠어?"

"그거야 그렇지만……."

적시운과 콜론, 그리고 아킬레스. 세 사람이 무언가 언쟁하는 듯한 모습을 헨리에타는 똑똑히 보았다. 아마 다른 이들 또한 마찬가지일 터였다.

"스펙터 길드 쪽에선 뭐래?"

"놈들이 뭐라 하든 그건 중요하지 않아."

적시운의 단호한 대답에 헨리에타는 입을 다물었다. 불화의 씨앗이 뿌려진 것은 분명해 보였지만 적시운은 개의치 않을 터였다.

"게다가 놈에게도 양심이란 게 있다면 더 헛소리를 나불대진 않겠지."

트럭의 짐칸엔 세 사람이 구해낸 부상자들이 누워 있었다. 적시운이 구해준 메인 탱커를 포함하여 7명. 공격대의 3할만이 생존한 셈이었다.

"마냥 기뻐할 만한 승리가 아닌 것은 분명하군."

그렉이 혼잣말을 중얼거렸다. 적시운은 의자를 뒤로 젖히며 대꾸했다.

"전쟁이란 게 다 그런 것 아니겠어?"

to be continued